恩讐の香炉

居眠り同心　影御用30

早見　俊

時代小説

二見時代小説文庫

恩讐の香炉——居眠り同心 影御用30

目次

恩讐《おんしゅう》の香炉《こうろ》――居眠り同心影御用30・主な登場人物

蔵間源之助《くらまげんのすけ》……北町奉行所の元筆頭同心で今は閑職の〝居眠り番〟。難事件に挑む。

蔵間源太郎《くらまげんたろう》……源之助の息子。北町の定町廻《じょうまちまわ》り同心となり矢作兵庫助の妹、美津《みつ》を娶る。

白河楽翁《しらかわらくおう》……かつての老中首座にして将軍後見役であった松平越中守定信《まつだいらえっちゅうのかみさだのぶ》の隠居名。

矢作兵庫助《やはぎひょうごのすけ》……凄腕とも豪腕とも呼ばれ、南町奉行所きっての暴れん坊同心の評判を取る男。

杵屋善右衛門《きねやぜんえもん》……日本橋長谷川町の老舗《しにせ》の履物問屋の五代目。源之助とは旧知の間柄の碁仇《ごがたき》。

善太郎《ぜんたろう》……杵屋善右衛門の跡取り息子。悪の道から源之助に救われた過去を持つ。

布袋屋木兵衛《ほていやもくべえ》……神田佐久間町《さくまちょう》で骨董屋を営む男。骨董の目利きには定評がある。

横川主計《よこかわかずえ》……長く白河楽翁の側用人《そばようにん》を勤める男。

三条　錦実枝《さんじょうにしきさねき》……閑院宮《かんいんのみや》の処遇を巡り幕府と対立し官位を剥奪され蟄居《ちっきょ》処分となる。

米吉《よねきち》……神田明神下の一角で斬殺されていた鼈甲《べっこう》問屋、広田屋《ひろたや》の番頭。

貫太郎《かんたろう》……広田屋の主人。幼い頃は、殺された米吉を兄のように慕い育った。

榎木久次郎《えのききゅうじろう》……元白河藩納戸方を勤めていた浪人。広田屋の貫太郎の碁仲間。

喜代《きよ》……榎木の娘。源之助ら町方の同心にまでも食ってかかるほど気が強い女。

朱美《あけみ》……矢作に近づき、貴船党の情報をもたらす、謎の多い女。

花沢甚五郎《はなざわじんごろう》……白河藩御納戸方次席。榎木の娘、喜代と夫婦約束を交わしていた。

第一章　三十年の恨み

一

文政《ぶんせい》三年（一八二〇）水無月《みなづき》の三日、江戸は夏真っ盛りだ。

北町奉行所同心、蔵間《くらま》源之助《げんのすけ》は奉行所内にある土蔵でうたた寝をしていた。天窓から差し込む日差しを避け、文机《ふづくえ》を柱の陰に寄せて正座をしつつも、肘《ひじ》を机上に乗せて枕代わりに居眠りをしているのだ。

そう、源之助が所属するのは通称、「居眠り番」と揶揄《やゆ》される両《りよう》御組姓名《おんくみせいめい》掛《がかり》である。やる仕事といえば、南北町奉行所に所属する与力、同心とその家族の名簿作成である。子供が誕生したり、死者が出たり、婚姻が行われる都度《つど》、名簿に反映させてゆく。あまりな閑職のため、奉行所の建物ではなく、このように土蔵の一つを間借りしている。

「う～ん」

源之助は肘の腕枕が崩れ、目が覚めた。

恨めしげに天窓を見上げる。

紺碧《こんぺき》の空に白雲が光り、蟬《せみ》が命を燃やすかのように鳴いている。

この男、こんな暇な部署に身を置いているには不似合いなほどにいかつい顔をしている。身体つきもがっしりとしていて、小悪党など一睨みで退散する、八丁堀《はっちょうぼり》の旦《だん》那《な》の威厳を漂わせていた。

実際、かつては筆頭同心として同心たちを指揮し、数々の手柄《てがら》を立ててきた。それゆえ、「居眠り番」に左遷《させん》されてからも、源之助の腕を頼りに様々な人間が訪れる。

平穏に過ぎると思っていたこの日も、

「おう、蔵間」

気さくに声をかけ、居眠り番に入って来たのは上品な老齢の武士である。

「これは、白河楽翁《しらかわらくおう》さま」

白河楽翁とは松平定信《まつだいらさだのぶ》の隠居名、かつて老中首座、将軍後見役として幕政を担った大物である。老中を辞してからは白河藩の藩政に専念していたが八年前の文化九年

（一八一二）に隠居し、築地《つきじ》にある下屋敷で隠居暮らしを送っている。

さすがに、かつての老中首座、将軍後見職を務めた大物に源之助も恐縮し、このようなむさい所ですがと、定信を招き入れた。

定信は市中散策の気楽な格好、宗匠頭巾《そうしようずきん》を被り、空色地の単衣《ひとえ》を着流して絽《ろ》の夏羽織を重ねている。足取りも軽やかに源之助の前にふわりと座った。

「暑いのう」

扇子《せんす》を取り出し、せわしげに扇《あお》ぐ。

「まこと、毎年のように暑い、暑いと申しております」

源之助も応じた。

「そなたは、夏など堪《こた》えぬであろう」

「いえいえ、さすがにこの暑さ、若い頃と違って食が細っております」

「ならば、これより、鰻《うなぎ》でも食さぬか」

意外にも定信から誘われた。

どうせ、やる事などない。暇を持て余しているのだが、さすがに身分差を考えると共に外出ということは遠慮される。そんな源之助の心中を察してか、

「隠居の身じゃ。わしも退屈で適《かな》わぬ。まあ、付き合え」

半ば強引に誘い出された。

定信の案内で鉄砲洲《てっぽうず》にやって来た。

海に近いとあって潮風が吹いているが炎昼とあって生暖かく、涼を運んではくれない。定信もそれは感じたようで、

「鰻はな、暑い中、汗をかきかき食するのがよい。その方が味が引き立つというものじゃ」

と、ぎらぎらと照りつける日輪を見上げた。

定信が贔屓《ひいき》にしている鰻屋は船宿が建ち並ぶ一角にあった。船宿に挟まれながらも鰻を焼く、香ばしい煙がひときわ存在感を示している。

人気《ひとけ》もまばらなうだるような夏の昼下がりにもかかわらず、源之助は胃の腑が元気一杯に空腹を訴えているのを感じた。

「時折、足を運んでおるのだがな、美味《うま》い鰻を食わせるぞ」

頰を綻《ほころ》ばせ定信は店の暖簾《のれん》を潜《くぐ》った。

「いらっしゃい」

若い娘から声がかかる。

親しみの籠もった娘の笑顔から定信が常連であることが窺《うかが》えた。

と、見覚えのある娘だ。娘の方も、

「蔵間さま……あ、すみません。いらっしゃいまし」

「お香《こう》だったな、達者そうで何よりだ」

源之助も挨拶を返した。

源之助が懇意にしている日本橋長谷川町《にほんばしはせがわちょう》の履物問屋杵屋《きねや》の跡取り息子、善太郎《ぜんたろう》が惚れ込んでいる娘だ。以前は日本橋本石町《ほんこくちょう》の料理屋に奉公していたのだが、ある事件に巻き込まれ、今はこの鰻屋で働いているようだ。早くに二親《ふたおや》を亡くし、弟と二人、力を合わせて逞しく暮らしている。

店内は昼八つを回ったとあって、お昼のかきいれ時を過ぎ、行商人風の男が二人いるだけだ。その二人も、勘定をすませ、出て行った。

「お香、鰻飯を二つ、頼む」

定信が注文し、共に入れ込みの座敷に上がった。鰻が焼けるまでの繋《つな》ぎだと定信は茄子《なす》と胡瓜《きゅうり》の糠漬《ぬかづ》けで酒を飲んだ。いける口ではないが源之助も少しだけ付き合った。

「政《まつりごと》から身を引き、悠々自適の隠居暮らしと申したいところじゃが、国許《くにもと》や当家の台所事情が気になってのう……、倅《せがれ》が公平な政を行っておるのか、財政は傾いておらぬのか、気がかりで仕方がない。隠居暮らしを楽しめぬ。まあ、性分かもしれぬが、いいことではないな」

自分を戒《いまし》めるように、定信は小さくため息を吐いた。定信から愚痴《ぐち》を聞くとは珍しい。単なる食事の際の世間話の延長なのか、それとも憂うべき事案でも抱えているのだろうか。

いかん、ついつい余計な勘繰りをしてしまう。八丁堀同心の性分というものか、と、源之助は内心で苦笑を漏らした。

「それが、歳《とし》を取らぬ秘訣ではございませぬか」

「そなたも、還暦を過ぎても十手《じって》を持っておるであろうよ。それと、鉛《なまり》の薄板入りの雪駄《せった》もな」

定信に言われ、源之助は土間に揃えた雪駄をちらっと見た。

「そうかもしれませぬ」

笑みを浮かべ頭を掻いてからしばし世間話をした。すると、

「畏《おそ》れ入りますが」

と、初老の男が上目遣いに声をかけてきた。縞柄《しまがら》の着物を着流し、絽の夏羽織を重ねた商人風の男だ。のっぺりとした面差しにぎょろ目が印象的である。

「何か用か」

　源之助が返すと、

「手前、神田佐久間町《かんださくまちょう》で骨董屋《こっとうや》を営んでおります、布袋屋木兵衛《ほていやもくべえ》と申します。お売りいただけます骨董の類《たぐい》がございましたら、よろしくお願い致します」

　木兵衛はぺこぺこ頭を下げた。

「あいにくとわたしは見ての通りの八丁堀同心、骨董など持ち合わせておらん」

　源之助が返すと木兵衛はにこやかな笑みを返し定信に向いた。定信は関心なさそうに酒を飲んでいる。

「失礼ですが、こちらのお武家さま、見事な煙草《たばこ》入れでございますな」

　木兵衛は目ざとく定信の腰にある螺鈿《らでん》細工の煙草入れを褒め上げた。

「売り物ではない」

　木兵衛の方は向かず定信は言った。

　木兵衛は自分の頭をぺこりと叩き、

「御屋敷のお蔵に仕舞われていらっしゃいます品々、目利きだけでもさせていただけるとありがたいのですが」

　慇懃《いんぎん》な言葉遣いながら、初対面というのに図々しく商いを仕掛ける木兵衛を、

「おい、よさぬか」

源之助は制した。

木兵衛は申し訳ございませんでしたと引き下がったものの、

「近頃、京《きょう》の都の骨董屋が出所の香炉《こうろ》ですとか、壺、皿、花瓶、仏像などが高値で引き取られておりますので、お心当たりがございましたら、声をかけてやってください。神田佐久間町の骨董屋、布袋屋でございます」

と、くどくどと言葉を並べてから去って行った。

「がさつな商人でございますな」

自分のせいであるかのように源之助は頭を下げた。

「そなたのせいではない。商売熱心だと褒めてやらねばなるまい。骨董か……」

「白河さまの御屋敷には名物がたくさんございましょう」

「なくはないが、先祖伝来の名物となると、わしの代で手放すこともできぬ」

「白河さまがお買い求めになられた名物もございましょう」

「取り立てて値の張る骨董類を買ってはおらぬが、ああ、そうじゃ。布袋屋が申したことで思い出したが、以前、京の都のさる公家《くげ》から贈られた香炉があるな。骨董屋に目利きさせることもなく、土蔵に仕舞っておる。埃《ほこり》を被っておるかもしれぬな」

変わらず無関心に定信が語り終えたところで、お香が鰻飯を運んできた。

源之助も定信も頬が緩《ゆる》んだ。

「空腹には食べられぬ香炉より、美味い鰻の方が値打ちがあるぞ。さあ、蔵間、食そうぞ」

定信は目を輝かせ重箱を手に持った。

源之助も箸を取り、山椒《さんしょう》を振ることなくまずは鰻にかぶりついた。

「美味い」

腹の底から賞賛の言葉が口をついて出た。

定信は我が意を得たりとばかりに相好《そうごう》を崩した。二人に会話はなくなった。夢中になって鰻飯を貪《むさぼ》り食べた。

食べ終えてから、

「蔵間、そなた、日々充実しておるようじゃな」

不意に定信は言った。心なしか顔が曇っている。

「白河さま、何か拙者に御用の向きがあったのではございませんか」

気がかりとなり、源之助は問いかけた。

「まあ、なくはないが、ま、よい。いずれまたな」

定信らしからぬ曖昧《あいまい》な答えをすると二人分の勘定を済ませ、戸口に向かった。源之助も続く。お香の明るい声に送られ外に出た。

日輪は西に傾いているが、日差しは弱まっていない。それでも、軒先にできた片影に身を置いていると、いくぶん涼気を帯びた海風のお蔭で暑気を癒《いや》すことができた。

「蔵間……」

定信が声をかけたところで、突如、源之助は後頭部に打撃を受けた。振り返ろうとしたが、立っていられず、膝から頽《くずお》れてしまった。定信が駕籠《かご》に押し込まれるのがぼんやりとかすんで見えた。

「白河さま……」

右手を伸ばしたところで源之助は気を失った。

二

「ううっ」

ずきずきと頭痛がする。

「ああ、よかった」

お香の声が聞こえた。

「蔵間さま、大丈夫ですか」

何故か杵屋の跡取り息子善太郎の声もする。

ぼんやりとだが目の前が明るくなった。善太郎が覗き込んでいる。

半身を起こそうとしたが、

「無理なさらないでください」

お香に止められた。

定信と食事をした入れ込みの座敷に源之助は寝かされていた。まだ、陽光が差しているから襲撃されてからそれほど経ってはいないだろう。後頭部に手を当てると瘤《こぶ》ができていた。

松平定信が駕籠に押し込まれた光景が脳裏に蘇《よみがえ》った。源之助は起きた。

「わたしは、この店の前で倒れておったのだな」

首を捻りながら源之助はお香に確かめた。お香は店の前に水を撒《ま》こうとして出たところで源之助が倒れているのを見つけた。そこへ善太郎も通りかかったことから二人で店の中に担ぎ込んだそうだ。目を覚まさないようなら、医者を呼びに行こうとしたと善太郎は言ってから、この店には時折足を運んでいると言い添えた。

美味い鰻を食わせるということ以上にお香に会えるからだろうと源之助は思った。だが、今は善太郎を気にかけている場合ではない。

「今の刻限は」

「夕七つを少し過ぎたところです」

お香が答えた。

「すると、半時ほど伸びていたのか……。お香、わたしと一緒におった御仁は見かけなかったか」

「蔵間さま、お一人で倒れておられましたよ。てっきり、暑気に当たったのかと思ったのです」

お香の横で善太郎も首を二度、縦に振った。

お香と善太郎に礼を言い、店を後にした。

定信が気になる。ひとまず、築地の松平定信邸を訪ねることにした。

夕刻、築地の松平定信の下屋敷を訪れた。

定信は八年前に隠居後、この下屋敷に住んでいる。二万坪という広大な屋敷には浴《よく》恩園《おんえん》と呼ばれる名庭園がある。定信自ら庭の手入れをするほどに作庭に熱心だそうだ。

裏門から屋敷の中に入ると、江戸とは思えない世界が広がっている。大きな池の周辺には季節の木々や花が植えられ、竹林もあるが庭には見えない。どこかの山里をそのまま運んで来たかのようだ。

蝉《せみ》の鳴き声がかまびすしく、鍬《くわ》を担いだ農夫が行き交っていそうだ。

ご丁寧に地蔵まであり、夕陽を受けて茜《あかね》に染まっていた。子供たちが遊び回り、お寺の鐘が打ち鳴らされてもおかしくはない。

江戸市井《しせい》の喧騒とは無縁の庭は政から身を引いたかつての老中首座松平定信、白河楽翁の心を表しているのだと、ここを訪れるたびに源之助は思う。

この庭には風流を解する大名や書家、絵師、学者が大勢訪れ、定信が彼ら文化人と歌を詠《よ》んだり絵を描いたり、語らったりするのを楽しみにしているそうだ。

裏門から入り、番士に定信が帰っているか尋ねた。案の定、定信は不在である。源之助は定信に関わる重大事をお話ししたいと願い出た。

源之助の只ならぬ表情に危機感を覚えたようで番士は取り次いでくれ、番小屋で待つよう言った。待つほどもなく、側用人《そばようにん》の横川主計《よこかわかずえ》が番小屋にやって来た。背が高く痩せぎすの中年男だ。

定信から聞いているのだろう。横川は源之助の素性を確かめることなく、

「北町の蔵間だな。あいにくと大殿は留守なのだ」

答えながら横川は探るような目になっている。

源之助は声を潜《ひそ》め、

「横川さま、白河さまは何者かに連れ去られたのではござりませぬか」

一瞬にして横川の顔色が変わった。

「どうして……、そのことを存じておる。ひょっとして、町方に漏れたか」

「一時《いっとき》ほど前、わたしは白河さまと鉄砲洲の鰻屋で一緒だったのでございます」

定信が駕籠に押し込められ拉致《らち》された経緯を報告した。

「わたしが居合わせながら、申し訳ございません。迂闊《うかつ》なことでございました」

源之助は詫びたが、

「いや、そなたとて不意をつかれたのであろう。そなたを責めようとは思わぬ」

横川は理解を示してから、

「実はな、大殿をさらった者より文《ふみ》が届いたのだ」

「何者がこのような大それたことをしでかしたのですか」

「貴船党《きぶねとう》と名乗っておる」

横川は京都の鞍馬《くらま》近くにある貴船神社を持ち出し、「貴船党」だと繰り返した。

次いで、

「大殿を返して欲しくば、鳳凰《ほうおう》の香炉を持参せよと申してきた」

「鳳凰の香炉とは」

「当家の家宝であるな」

「名物というわけでございますな」

鰻屋で会った布袋屋木兵衛が思い出された。骨董の話をした矢先だけに、小さな驚きを感じた。まさか、木兵衛が定信をさらったわけではあるまい。

鳳凰の香炉につき横川は簡単に説明してくれた。京都のさる公家から三十年ほど前に贈られたそうだ。鰻屋で定信が語っていた香炉ではないか。またしてもの偶然に源之助は不思議な気分になった。

「貴船党、一体、何者ですか」

「わからん」

「貴船党は香炉をいつ、どこに持参せよと申しておるのですか」

「それは、追って知らせるということであった」

「町奉行所には届けましたか」

「貴船党からは知らせるなと申し越してきた。別段、貴船党の意のままになる気はないが、当家の沽券《こけん》に関わることでもあるゆえ、家中の者どもで対処する」

「横川さま、どうか、わたしもお手伝いをさせてください」

源之助が願い出ると、

「そなたが、責任を感じておるのはわかるが、名乗る以上、下手人《げしゅにん》どもは当家に挑戦をしてきておる。当家だけで対処したいと存ずる」

やんわりとだが毅然と横川は源之助の申し出を断った。

「それではわたしの立つ瀬がございません」

源之助はむきになった。

「いや、当家のみで大殿を取り戻す」

「では、申します。気になることがあるのです。鰻を食しておった時、白河さまは、何か気に病んでおられたのです」

「いかなることを気に病んでおられたのだ」

「何かは申されませんでしたが、それだけに、深い悩みを抱かれておられたのではと拝察した次第。その悩み事は貴船党のかどわかしに関わっているのではございませんか。横川さま、何か思い当たる節《ふし》はございませぬか」

「なくはないが」

曖昧な言葉で、いかにも何かありそうである。こうなると、八丁堀同心の探索心が疼《うず》いて仕方がない。

「お教え願えませんか」

源之助は食い下がった。

「いや、こうと決め付けられぬゆえ、話すわけにはゆかぬ」

言葉に出さずとも横川の顔つきを見れば、よほどの事情であることが窺える。

「政に関わることでしょうか」

「まあ、昔話じゃ」

横川は曖昧に言葉を濁し続ける。昔話とは定信が老中であった頃であろうか。だとすれば、もう、三十年も昔のことになる。

三

これ以上は詳しい話を聞くことができず、源之助は八丁堀の組屋敷に戻った。

妻の久恵《ひさえ》から夕餉《ゆうげ》の支度をすると告げられたが、食欲が湧かない。普段なら、昼を過ぎて鰻飯を食べようが、夕餉には茶漬けくらいはかき込めるのだが、今はそれすら受けつけない。

久恵は身体の具合を案じてくれたが、大丈夫だと短く答えただけでむっつりと黙り込んでしまった。久恵はそっと居間から出て行った。

こうしていても落ち着かない。

迷惑がられるかもしれないが、もう一度、築地の楽翁邸に出向くことにした。


夜分の訪問の失礼を詫び、番小屋に横川を呼んでもらった。

「やはり、来たか」

横川は不快そうではない。源之助なら、再訪すると待っていたようだ。横川は人払いをしてから源之助に向き直った。

「明日の明け六つ、深川永代寺《ふかがわえいたいじ》の門前に香炉を持って行くことになった。むろん、当家の家臣どもを周辺に配置しておく」

「香炉はどなたが持って行かれますか」

「お由美《ゆみ》と申す奥女中じゃ」

「それは、貴船党の指示でございますか」

「貴船党は文にて香炉は女に持たせよと申してきた。お由美は奥女中の中では、もっともしっかりしておると評判ゆえ、わしがお由美に持参させることにしたのだ」

落ち着いた口調で、変事に横川は冷静に対応している。

「白河さまのお身柄もその時に解き放たれるのでございますな」

「貴船党はそう申してきた」

言ってから、それを信じるしかないと横川は苦渋の表情で言い添えた。

「貴船党、いかなる者どもなのですか」

改めて源之助が問いかけると、

「京の都から来たのであろう。貴船神社がある。鞍馬寺の近くでな。夏は涼しいぞ」

横川の説明には取り繕《つくろ》いが感じられた。貴船党が何者なのか見当はついているが、軽々しく松平家中以外の者には打ち明けられないのだろう。それでも、源之助としては知っておきたい。

「わざわざ京の都から白河さまに危害を加えるためにやって来たのですか。一体、なんのために、白河さまにどんな恨みがあるのですか」

「かつて、大殿が幕政を担っておられた頃、都で尊号一件《そんごういっけん》という大問題が起きた」

尊号一件とは今の光格上皇《こうかくじょうこう》が天皇であられた頃、お父上の閑院宮典仁親王《かんいんのみやすけひとしんのう》に太《だ》上天皇《じょう》、すなわち上皇号を贈りたいと幕府に申し入れた一件である。老中首座として幕閣を担っていた松平定信は閑院宮が皇位に就いていないことを理由に拒絶した。それでも光格天皇は諦めきれず、何人かの公家を京都所司代《しょしだい》と交渉させた。京都所司代は定信に伺《うかがい》を立てたが定信は認めず、光格天皇も断念せざるを得なかった。ところが、一件はそれで終わらなかった。

定信は京都所司代と交渉した公家たちを江戸に招致して処罰したのである。

「大殿が処罰なさったお一人に大納言三条錦実枝《だいなごんさんじょうにしきさねき》卿がおられた。三条錦卿は特別強硬に上皇号を贈るべきだと主張し、江戸に招致されても大殿や幕閣相手に一歩も引かなかったそうだ。挙句、畏れ多くも上さまに直訴しようとなさった。大殿は三条錦卿を他の公家方よりも厳しく処分した」

三条錦実枝は官位を剝奪され、剃髪の上、貴船の地で蟄居《ちっきょ》処分となった。以後、貴船の地で隠棲し、今年の春に亡くなったそうだ。

「貴船党を名乗るということは三条錦卿所縁《ゆかり》の者かもしれぬ。三条錦卿に子はなかったが、商人の娘に男子を産ませたという噂もある。ご落胤《らくいん》が貴船党を結成したのかもな」

横川は打ち明けてくれたが、

「それにしましても三十年も前のことでございますぞ」

合点がゆかず、源之助は疑問を呈した。

「確かに、三十年の月日は長い、しかし、その月日が恨みを増幅させたということも考えられる。貴船党と名乗るからには貴船所縁《ゆかり》のものに違いない」

横川は断じた。

そうではないとは否定も疑問も差し挟めない雰囲気だ。源之助が返事をできないでいると、

「それから、香炉のことも考え合わせると、やはり、三条錦卿所縁の者の仕業《しわざ》と考えるのが妥当だ」

益々確信したように横川はうなずいた。

「香炉が三条錦卿にどう関わるのですか」

「鳳凰の香炉は三条錦卿から贈られたのだ。三条錦卿は貴船に隠棲してから、世捨て人には過ぎた名物だと大殿に寄贈された。皮肉というか、当てつけというか、せめてもの抵抗とでも申すべきか……。大殿は送り返そうとなさったが、これ以上、三条錦卿の気持ちを逆撫ですることはないと、土蔵の中に仕舞われたのだ。その香炉を持参せよとは、やはり、貴船党は三条錦卿所縁の者、おそらくはご落胤が関係しておるの

ではなかろうか」

「なるほど、三十年越しの恨みということでございますか」

「恨みは深い」

横川は表情を引き締めた。

あくる四日の朝まだき。源之助は楽翁邸にやって来た。夜明け前とあって、東の地平は朝焼けで乳白色が薄ぼんやりと茜に染まっている。澄んだ空気が心地よく月代《さかやき》を通り抜け、蟬はまだ鳴いていないが、野鳥の鳴き声が耳を通り抜ける。

横川が一人の女と裏門に出て来た。

「蔵間、よろしく頼む」

お由美は背中に風呂敷包みをくくりつけていた。一旦その包みを解《ほど》き、間違いないか確かめる。

青磁《せいじ》の香炉だ。蓋《ふた》に羽ばたく鳳凰が乗っている。

「これは、正真正銘の鳳凰の香炉じゃ。贋作《がんさく》もあるようだが、三条錦家の家宝、よもや贋物《にせもの》ではあるまい。第一、贋物なら大殿をかどわかしてまでして要求せぬであろう」

さすがに横川の声音は緊張を帯びていた。

「正直、骨董はさっぱりわかりません。横川さまが本物とおっしゃられるなら本物でございましょう」

としか源之助は言えなかった。

横川はお由美を向き、

「お由美、しかと頼むぞ」

「しかと承知しました」

お由美は目に力を込めてうなずいた。

「そなたに危害が及ぶかもしれんが、北町の蔵間が密かにそなたの身を守る。蔵間は大殿も信頼する腕利きの同心だ」

源之助も表情を引き締めた。いかつい顔が際立った。

「わたくし、命に代えましても、大殿さまのお役に立ちます」

けなげにもお由美は決意を示した。

朝靄《あさもや》の中、お由美はしっかりとした足取りで永代寺に向かっている。永代橋に到る途中、怪しい者がお由美に近づくことはなかった。

永代寺周辺には予《あらかじ》め家来たちが潜んでいるということだ。

源之助はお由美と距離を取って、後を追って来た。お由美は緊張をしているであろうに、歩調に乱れはなかった。気丈な娘であると窺《うかが》わせる。

永代橋を渡り、潮風にさらされながらお由美は脇目も振らずに進んでゆく。ぼちぼち、朝の早い棒手振《ぼてふ》りや行商人がお由美とすれ違ったり、追い越したりした。

源之助は油断なく目配りをしている。貴船党は永代寺を指定しているが、途中で奪われないとも限らない。それはお由美自身も考えているようで、近づいて来る者への警戒を怠ってはいない。

永代橋を渡りきったところで、

「貴船党か」

源之助はつぶやいた。

不意に大八車がお由美の前を通った。源之助はひやっとしたが、お由美は慌てずに避けて進む。

間もなく、永代寺である。

お由美は永代寺の山門に立った。

周囲をきょろきょろと見回す。源之助は門前にある天水桶《てんすいおけ》の陰に身を潜め、貴船党が接触してくるのを待ち構える。境内には松平家の家臣が身を隠していることだろう。貴船党の連中を捕らえることよりも定信の身である。不吉な考えであるが、定信が生きているかどうかも不明だ。定信の命を奪っておいて、ぬけぬけと鳳凰の香炉を手に入れる、いや、取り戻そうとするのかもしれない。成す術《すべ》もなく、奴らの指示に従わなければならないのは悔しい限りだがどうしようもない。

やがて明け六つの鐘の音が鳴り響いた。門前町の雨戸が開かれ、小僧たちが店の前を掃除し始めた。お由美も緊張の度合いを深めている。

鐘が鳴り終えた。

そういえば、貴船党の連中はどんな身形《みなり》をしているのだろうか。お由美の近くを通る者たちがみな怪しく思える。何者かが近づくと源之助は両足が突っ張り、つい前のめりになってしまった。それに対して、お由美は肝《きも》が据《す》わっていて、動ずることなく立ち尽くしている。

やがて、五歳くらいの女の子がお由美に近づき、書付《かきつけ》を手渡した。お由美はそれを一瞥すると、風呂敷包みを背負い直し、歩き始めた。

「どうした」

と、声をかけようとして、源之助は口を閉ざした。

お由美は駆けだした。

往来を忙しげに歩く行商人、商家の小僧を避けながら進む。

源之助も後をつけた。

雑踏をかき分け横川が、

「どうしたのだ」

と、近寄って来た。

「ここは、わたしに任せてください」

源之助は横川に言うと、お由美を追って行った。

お由美は門前町を抜けると歩を木場《きば》の方へと向けた。貴船党は受け取り場所を変更したのだろう。どこに行くのだと声をかけるわけにはいかない。

これまで気丈に落ち着いていたお由美があせっているように見える。急ぐ余り、足をもつれさせ、前のめりになった。前を横切る棒手振りとぶつかる。

「気をつけろい！」

棒手振りが目をむいて怒鳴る。

「すみません」

お由美は平身低頭で謝る。

幸い絡《から》まれることなくお由美は先を急ぐことができた。海岸に近い通りに出ると木場へと急ぐ。

風が強くなり、埃が舞う。それでもお由美は使命感に突き動かされるようにして、ひたすらに進む。次第に歩速を早め、小走りになった。

と、今度は大八車がお由美の前を横切り、お由美はどうにか避けることができたものの勢い余って転がってしまった。その弾みで風呂敷が道端に投げ出される。周囲を男女が囲んでお由美を助け起こした。

「大丈夫です」

お由美は風呂敷包みを拾い上げ、着物に付いた泥を気にかけることもなく、歩みだした。ひょっとして、風呂敷包みは今の騒ぎですり替えられたのかと源之助はいぶかしんだが、間違いはない。

お由美を助けた男女はすり替えた風呂敷包みなど持っていなかった。

ほっと安堵して源之助はお由美を追う。

お由美は洲崎弁天《すさきべんてん》の手前で右に折れた。海辺新田《うみべしんでん》という埋立地が広がっている。その中に、稲荷《いなり》があった。町名を取られ、海辺稲荷と呼ばれている。神主《かんぬし》や神官は常住していない。深川界隈の者が、交代でお供えをしている。

お由美は鳥居を潜《くぐ》った。鳥居は潮風や砂で随分と汚れ、朽ちている。

四

源之助も息を殺し、お由美を追う。

荒涼とした境内に社殿が建ち並んでいる。お由美は拝殿の前に飄然《ひょうぜん》とたたずんでいた。手水舎《ちょうずしゃ》の陰に身を潜め、お由美の様子を窺う。

身じろぎもしないがお由美の目も視線が定まっていない。

朝日は盛夏の日差しとなり、拝殿がお由美に影を落とした。一方、源之助はまともに日光を受けているため、全身が焦がされるようになり、滝のように汗が流れる。いつの間にか蚊柱《かばしら》が立ち、首筋や顔を蚊に刺された。

咽喉《のど》がからからに渇いてきた。目の前にある手水の水が恨めしい。背中に単衣が汗でべっとりと貼り付き、気持ちが悪い。

しかし、待てど暮らせど、貴船党らしき者は現れない。やがて、朝五つを告げる鐘の音が聞こえてきた。

お由美の顔が不安に彩《いろど》られる。

相当に体力を消耗してしまい、源之助は膝をついてしまった。底に鉛の薄板を敷いた雪駄を持て余してしまう。目の前がぼんやりとしてくる。

やがて、朽ちた鳥居に駕籠が着けられた。

源之助は立ち上がり、駕籠を見た。お由美が駕籠に寄る。駕籠かきはおどおどとしている。お由美は垂れを捲《めく》り上げた。

松平定信が座っている。

猿轡《さるぐつわ》をかまされ、後ろ手にされた手首を布切れで縛られていた。

源之助は駆けだした。

いつの間にか追って来た松平家の侍たちも殺到した。駕籠かきは怯《おび》え、その場に尻餅をついた。

横川が松平定信の猿轡を取り、脇差で布切れを切断した。定信は深く息を吐き、駕籠から出た。

「貴様ら、どこでこのお方を乗せた」

横川が駕籠かきを追求した。

「永代寺の裏手でごぜえます。あっしらも、脅されて」

わなわなと震えながら先棒が答える。

源之助が、

「白河さまは大変にお疲れのご様子。ひとまず、この駕籠で御屋敷までお運びしてはいかがですか」

「おお、そうだな」

横川は受け入れ、駕籠かきの詮議は後にして駕籠を出発させた。駕籠の周りを家来が囲んだ。何はともあれ定信が無事で横川はほっと安堵した。お由美の労をねぎらい、築地の楽翁邸へと急いだ。

源之助も駕籠について行った。


楽翁邸に着き、定信は御殿の寝間に運ばれた。相当に憔悴《しょうすい》しているが、十分な睡眠をとれば大事ないという医師の診立てだそうだ。

源之助は駕籠かきの吟味を任された。

番小屋で源之助は駕籠かき二人と面と向かった。

「そなたら、どこで誰に頼まれて白河さまをお乗せしたのだ」

源之助はいかつい顔を際立たせた。

「それが」

先棒はおどおどとしながら後棒を見た。後棒の方が年配であることから、後棒に従っているようだ。

後棒が、

「永代寺裏で、おっかないお侍たちに囲まれたんですよ」

おっかない侍たちは、この暑いのにみな黒覆面で顔を隠していた。猿轡をかませた定信を引き渡し、ただ、この神社に運び込むように依頼されたのだそうだ。

「事情は何も説明されませんでした。ただただ、そう指示されただけです」

という先棒の言葉を受け、後棒が言った。

「なにぶんにも酒手を弾んでくだすったんでさあ。一両ですよ」

先棒も、

「だから、あっしら、言われるままにしたんですよ。お運びするお侍さまがどちらのどなたさまなんて、お聞きしませんでした。断ったら、あっしら斬られちまったかもしれませんや」

「いけねえですか。御奉行所に罪に問われるんですかね」

後棒は首をすくめた。横で先棒も神妙な顔で控えている。

「そなたらを罪に問おうとは考えておらん。黒覆面の侍たちについて、もっと何か覚えておらぬか」

源之助の問いかけに、二人は顔を見合わせた。

「たとえば、言葉遣いはどうであった」

後棒が言葉を交わしたのはおまえだからと先棒に言った。先棒は源之助に向いた。

「お侍さまの言葉遣いっていいますかね。ぶっきらぼうに用件だけをおっしゃったんで」

「羽織の家紋はどのようだった」

「この陽気ですからね、羽織は重ねておられませんでしたよ」

「小袖は上等であったか」

「木綿《もめん》でしたね。でも、きちんと糊付《のりづ》けがしてあって、この暑いのに、みなさん、あ、みなさんなんて言葉遣いに気をつけることもねえですが、揃って着物に乱れはなかったですね。ありゃね、どちらかのお大名のご家中でいらっしゃいますよ」

罪に問われないと源之助から伝えられたからか、先棒は饒舌《じょうぜつ》となった。

「それは、勘か」

「これまで、お侍は色々とお乗せしていますから。それも、浅葱裏《あさぎうら》じゃないですね」

浅葱裏とは国許から参勤で江戸に赴任してきたばかりの侍を侮蔑《ぶべつ》する言葉である。江戸に不慣れな田舎侍《いなかざむらい》ではないということだ。

「着物とか言葉遣いでわかったのだな」

「ええ、そうです。すんません、こんなことくらいしかわかりませんで」

先棒は頭を掻いた。

「いや、よく思い出してくれた。礼を申す」

源之助は先棒に次いで後棒を見た。

「おまえたちが乗せた侍、海辺稲荷に着くまで、何か言葉を発しなかったか」

「言葉ですか。いや、特には……て言いやすかね、こう言っちゃなんですが、はやいとこ怖いお侍方に言いつけられた場所に着けることしか頭になかったもんで。それに、駕籠の中のお侍さまは猿轡をかまされていらっしゃいましたんでね、言葉なんか交わせませんや」

「だが、呻《うめ》き声などは聞かなかったのか」

「いや……、気付きませんでした」

申し訳なさそうに後棒は首をすくめた。

「わかった、もうよいぞ」

駕籠かきの素性を聞き、二人を帰した。

そこへ、横川がやって来た。

源之助が駕籠かきたちから聞いた話を報告すると、

「お由美が持ち帰った香炉、当家出入りの骨董屋に目利きさせたところ贋物とわかった。いつの間にかすり替わっておったのだ」

横川は唇を噛んだ。

「しかし、どこで本物とすり替えられたのでござる」

意外な思いに駆られた。

「それが、お由美はわからんと申しておる」

「恐縮ですが、お由美の話を聞きたいのですが」

「よかろう」

横川はお由美を呼んだ。

お由美がやって来るまでに源之助は横川に向いた。

「駕籠かきたちの証言によると、白河さまをかどわかした下手人たちは、どこかの大名家の家臣たちとのこと。しかし、貴船党は元はと申せば京の都のお公家、三条錦卿のご落胤が関わっておられるとのことでした。いささか、下手人像にぶれがありますな」

「三条錦卿と所縁《ゆかり》の大名家かもしれないな」

「尊号一件の際、三条錦卿にお味方した大名ということですかな。その大名も三十年も白河さまを恨み続けたということになります。そもそも、三条錦卿所縁の方にしたところで、三十年前の恨みを何故、今頃になって晴らそうと思ったのでしょう」

「三条錦卿に関して申せば、昨日も申したように尊号一件で連座された三条錦大納言さまが今年の春、お亡くなりになった。それゆえ、ご落胤が大納言さまの恨みを晴らそうと思い立ち、当時、大納言さまを支援しておられた大名に協力を求めたのかもしれん」

「その大名にお心当たりはありますか」

源之助の問いかけに横川は思案するように天を見上げた。しかし、首を左右に振り、

「いや、心当たりはないな。三十年前と申さば、わしは五つ、当時のことは父より聞いたのだが、大殿や御公儀に逆らってまで三条錦卿にお味方した大名など見当もつか

ぬ。お味方と申しても、表立ってではなく密やかにであろうがな」

「となると、すぐにはわかりそうもありませんな」

源之助が返事をしたところでお由美がやって来た。

面《おもて》を伏せたまま、小上がりに腰を下ろした。うつむき加減に押し黙っていたが、

「申し訳ございません」

お由美は憔悴していた。

「いや、わたしも、うかつなことだった」

源之助はお由美の労をねぎらった。

「香炉がすり替わっていたとか」

源之助は自分も目を離さなかったが、一体、どこですり替えられたのか、問いかけた。

「わたくしも覚えがないのでございます」

お由美も困惑している。

「急がぬ。まずはとくと思い出してみてくれんか」

源之助は努《つと》めて柔らかな面持ちで問いかけた。

「ええ、思い出してはおりますが、やはり見当がつきません」

お由美は苦悩を示した。

「悪いのはそなたではないのだぞ」

横から横川が言葉を添える。

「心当たりがないのです。いつどこで、すり替わったのか。とんと、見当がつきません」

腹から絞り出すようにしてお由美は、わからない、申し訳ないと繰り返した。

「永代寺に到るまでの間、何者かが近づいて来なかったか」

「途中、何人かの行商人や店者《たなもの》と行き交いましたが、特に近づいて来た者はおりません。

お由美の言葉に嘘はないようだ。

「すり替えたのは貴船党と考えてよいと存じます。今申した貴船党とは駕籠かきの証言による、いずこかの大名家の家来たちを指すのですが」

源之助の言葉に横川は首肯し、

「貴船党はまんまと鳳凰の香炉を手に入れたため、大殿を返したということか」

「おそらくは」

源之助が応じたところで近習が横川に耳打ちをした。

「大殿が話をなさりたいそうだ。蔵間にも来て欲しいと申されておるぞ」

横川は言った。

「承知しました」

源之助は応じた。


御殿の寝間に入った。

定信は起きていて、布団も片付けられている。幸い、どこにも怪我はないということだった。

「こたびは、とんだ失態をしでかしてしまった」

恥じ入るように定信は言った。

「わたしが一緒でありながら、むざむざと敵にさらわれましたこと、申し訳なく存じます」

源之助が詫びると、

「油断しておったのはわしじゃ」

定信は悔しげに唇を曲げた。

それから、

「わしをさらった者ども、貴船党と名乗っておるようじゃな」

　これには、

「その通りでございます」

　横川が答えた。

「わしは、駕籠に乗せられ、すぐに目隠しをされた」

　定信は何処《いずこ》とも知れない屋敷へと連れ込まれたそうだ。

「屋敷に着くと、すぐに眠らされてしまった」

「何か話はしなかったのですか」

　源之助が問いかける。

「屋敷に入るまでの道々、様々な問いかけをしたのであるがな、連中は口を利こうとはしなかった」

「貴船党とは名乗りませんでしたか」

「いや、特にはな。ただ、屋敷に着いた時、丁寧な物言いで、明日の朝にはお帰りいただくとだけ告げられた」

　定信は言った。

　ここで横川が、

「実は、大殿の身代金《みのしろきん》としまして鳳凰の香炉を要求されたのでございます」

「なんじゃと」

定信の顔色が変わった。

「それで、いかがした」

定信は切迫した表情となった。横川は汗だくとなり、お由美が香炉を持ち、貴船党が指定した場所へ運んだことを報告した。

続いて源之助が、

「それにつきましては、わたしがお由美殿を尾行しましてございます」

と、楽翁邸から永代寺、海辺稲荷に至る経過を報告した。

「わたしも、怪しい者がお由美に近づくことを目撃しておりません」

「蔵間が申すからには確かなのであろうが、それにしても香炉がすり替えられたというのはどういうことだ」

定信の疑問は当然であった。

「お由美に聞いても心当たりがないのです」

源之助は言い添えた。

定信は横川に向く。

「どうしたものか」

横川も苦渋の表情となった。

「ともかく、貴船党を追うことでございます。不肖、わたしも貴船党探索に当たりたいと思います」

「うむ、そうせい」

定信は力ない声音《こわね》で命じた。

五

北町奉行所定町廻《じょうまちまわ》り同心、蔵間源太郎《げんたろう》は町廻りの最中、一人の娘がうずくまっているのを見つけた。

源太郎、蔵間源之助の息子である。

強面《こわもて》の源之助とは正反対の優し気な顔立ちだが、源之助譲りの正義漢だ。悪を憎むこと甚《はなは》だしいが若さゆえに空回りをすることも珍しくはない。

神田明神下《みょうじんした》の路地を入ったすぐのところである。影になっていて、風がよく通るのがせめてもの慰めだ。

「大丈夫です」

源太郎が声をかけると、

「いかがした」


娘は立ち上がった。

一見したところ、武家の娘のようである。

「どこか身体がお悪いようですが」

武家の娘らしいということで言葉使いを改めた。

「お手数をおかけしました。少し気分が悪くなっただけです。もう、大丈夫ですから」

娘は丁寧に礼を述べると立ち去ろうとした。しかし、よろめいてしまった。

「いけませんな。医者の所に参りましょう」

源太郎が勧めると、

「本当に大丈夫です。家はすぐですので」

娘はよろめきながらも、歩き始めた。

その後ろ姿を源太郎は目で追った。

それから、数日が経った六日の朝、神田明神下の一角で商人が殺されていた。身元はすぐに割れた。この近くの鼈甲《べっこう》問屋、広田屋《ひろたや》の番頭で米吉《よねきち》であった。

米吉は肩先から袈裟《けさ》懸《が》けに斬り下ろされていることから、侍の仕業《しわざ》だと思われた。

源太郎と岡っ引の京次《きょうじ》は広田屋へ行こうとしたが、番小屋に主人の貫太郎《かんたろう》がやって来た。

「米吉……だから、言わないこっちゃない」

貫太郎は呟くように言った。

京次が、

「何か心当たりがあるんですかい」

と、問いかけた。

歌舞伎《かぶき》の京次という二つ名が示すように元は中村座《なかむらざ》で役者修業をしていたが、性質《たち》の悪い客と喧嘩沙汰を起こして役者をやめた。お縄となって源之助が取り調べに当たった。口達者で人当たりがよく、肝《きも》も据《す》わっている京次を気に入り岡っ引修業をさせると、源之助の目利き通り腕利きの岡っ引となった。今では、神田、日本橋界隈では、「歌舞伎の親分」と慕われている。

貫太郎ははっとしたように、

「あ、いえ、なんでもありません」

慌てて取り繕《つくろ》った。

「でも、旦那、今、だから言わないこっちゃないって」

京次の追求に、

「いえ、わたしの勘違いでございました」

いかにも取り繕うように言い添える。

源太郎が、

「米吉は侍に殺されたと思われるのだが、心当たりがあるのではないか」

「いえ、特には。わたしが言わないこっちゃないと申しましたのは、夜更けに外出することの危なさを申したのです」

「米吉は外出をしたというのか」

「そぞろ歩きをしたのではございませんか」

米吉は両国《りょうごく》の花火を見物し、床見世《とこみせ》を冷やかそうとしていたのだそうだ。

「財布がなくなっているから、物盗り目的の辻斬りと考えられなくはないな」

源太郎は言った。

「なら、辻斬りと見て、聞き込みをします」

京次は出て行った。

「米吉の身内は……」

源太郎が問いかけると、

「米吉は一人住まいでした。気の毒に、三年前の火事で女房と子供二人を亡くしましてね。今は、神田三河町《みかわちょう》の長屋に一人で住んでいたんですよ」

貫太郎はしんみりとなった。

悲しみが押し寄せてきたようだ。

「米吉は言ってみれば兄のような存在でした」

貫太郎は米吉との思い出を語り始めた。

貫太郎は一人っ子である。鼈甲問屋広田屋の三代目を期待されて生まれ育った。しかし、幼い頃は病弱で、それが原因で引っ込み思案な少年時代を過ごした。

友人もできず、一人孤独に過ごしていた。

「それが、米吉が小僧としてうちに奉公に上がったのです」

貫太郎が八歳、米吉は十五歳であった。米吉は極めてまじめ、一生懸命に奉公する傍《かたわ》ら遊び相手になってくれた。貫太郎が近所の餓鬼《がき》大将からいじめられ、泣いて戻って来ると、叱咤して一緒に餓鬼大将のところへ行き、もう一度喧嘩をさせたそうだ。

「わたしが、店の仕事をするようになりましてからは、それは熱心に働いてくれました。時に厳しく、若旦那、それは間違っていますよって、口うるさいくらいに直言《ちょくげん》してくれましてね」

貫太郎は言った。

どうやら、米吉は無二の奉公人、広田屋にとってはなくてはならない存在であった。

「暖簾分けという話はなかったのか」

「もちろん、何度も勧めたのです。米吉ほどの商人《あきんど》、店を持った方がいいと勧めたんですがね」

米吉は応じなかった。

自分は番頭として店を支えるのが持ち味で、店の主には不向きだというのが、米吉の言い分であったそうだ。

「火事で身内を失くしてからは、一層、忠勤を励んでくれるようになりました。ただ一つの楽しみは花火と夜店を冷やかすことだったんです。それは、亡くなった女房や子供と一緒に行った、思い出であったようですね」

貫太郎は涙ぐんだ。

「ねんごろに弔《とむら》ってやれ」

源太郎も言葉が詰まった。

あくる七日、源太郎は引き続き広田屋の番頭米吉殺しの探索を行っていた。京次の聞き込みにより、何人かの怪しげな浪人が明らかになり、源太郎と共に当たった。

しかし、三人とも、いかにも荒くれ者ではあるものの昨晩は賭場《とば》の用心棒、自宅、あるいは喧嘩沙汰で自身番に押し込められていたと、三人が三人とも昨晩の行動ははっきりとしていたのである。

「辻斬りの仕業ではありませんかね」

京次は言った。

「そう決め付けることはできんが、もう一度、一から洗い直してみるか」

源太郎は言った。

「となりますと、広田屋さんを当たってみますか」

京次がいい、二人は神田明神下に店を構える広田屋へと向かった。

「まずは、京次、奉公人の聞き込みを頼む」

源太郎が言いつけると、

「おやすい御用で」

京次は引き受けると、店の裏手に向かった。

京次は裏木戸から入り、女中の一人に声をかけた。

「すまねえが、ちょいと話を聞かせてくれよ」

「え、ええ」

お民《たみ》という女中は躊躇《ためら》いがちではあるが、うなずいた。

「亡くなった番頭さんのことなんだよ」

「気の毒なことでございました。本当にお気の毒で」

お民は声を詰まらせた。

「とっても、いい番頭さんだったってな」

「そりゃもう、仕事熱心で、あたしたちは厳しい言葉で叱責されましたが、時には優しい言葉もかけてくださったんです」

お民も涙ぐんだ。

「主人にも忠義を尽くしていなさったとか」

「それはもう、旦那さまも番頭さんの言葉には概《おおむ》ね、従っておられました」

「概ねとは、聞かないこともあったってことかい」

　京次は首を傾げた。

「ええ、まあ」

　女中は自分の言葉に恐れをなしたように、あわあわとさせた。

「どんなことだい。商いのことかい」

「商いじゃありませんよ」

「ひょっとしてこれかい」

　京次は小指を立てた。

「違います。旦那さまは、そのようなことはなさいません」

　即座にお民は否定した。

「なら、どんなことだい。言い辛いことなのかい。これだけの身代《しんだい》だ。旦那は色々とお誘いがあるんじゃないのかなあ」

　京次は努《つと》めて柔らかな顔になった。

「旦那さまは、それはもうまじめなお方で、お酒もたしなみませんし、茶屋遊びもなさいません」

「しかし、どんな立派なお方だって、何か楽しみってもんがなきゃ、身が持たないんじゃないのかい」

京次が首を捻ると、

「それは……」

答えるべきかお民は迷う風となった。

「教えてくれよ。おらなあ、事件と関わりなく、あんなまじめな旦那がどんな楽しみがあるんだって、そりゃもう、知りたくて、うずうずして仕方がないんだよ。頼む」

京次は両手を合わせた。

女中はうなずくと、

「碁《ご》です」

「ご……」

「囲碁でございますよ」

「おお、碁かい。こちらの旦那はそんなにも碁に夢中なのかい」

「夢中どころではありませんよ。碁になると、人の言葉も耳に入らないご様子でございました」

「会所に行かれていたのかい」

「せっせと、会所に通っておられましたが、このところは一人のご浪人さまともっぱらこのお屋敷で打っておられました」

「そのご浪人ってのは」

「元は白河藩、松平さまにお仕えしていらしたご浪人で、榎木久次郎《えのききゅうじろう》さまとおっしゃいます」

榎木は浪人とはいえ、人格高潔、いかにも武士らしいお方だとお民は言葉を尽くして榎木を褒め称えた。

六

時折、榎木は広田屋を訪れ、貫太郎と碁を打つようになった。碁になると、貫太郎は夢中であった。

「旦那さまの碁道楽を番頭さんは、お諫《いさ》めしていたほどです」

「それほど、碁にのめり込んでいたのかい。たとえば、商いを疎《おろそ》かにするほどだったとか」

「いいえ、旦那さまは商いの合間にやっておられましたから、決して商いの妨げにはなっておりませんでした」

「ならば、賭け碁をしていたとか」

「それもありません。以前、碁会所で性質《たち》の悪い連中に賭け碁で散々むしり取られてしまわれたので、二度と賭けたりはしないっておっしゃっていたんですから」

「じゃあ、どうして、番頭さんは碁をやめるよう諫めたんだい」

京次が迫ると、お民は困ったような顔になった。わけを知っているようで知らないようでもある。また、知っていても口に出すことを躊躇《ためら》っているような。

「さあ、そこまでは」

お民は逃れるようにして立ち去った。

裏木戸を出ると京次は、源太郎にお民の証言を報告した。

「碁か。碁の相手は榎木久次郎という浪人、京次、その浪人が臭いと思っているのか」

源太郎の問いかけにうなずいてから、

「米吉は榎木に碁を打つことをやめるよう頼みに行ったんじゃないですかね」

「しかし、商いの妨げにはなっていないし、金を賭けてもいないのだろう」

源太郎は首を捻った。

「そうなんですがね。表には出ていない事があるんじゃござんせんか」

「どんなことだ」

「そいつを調べようってことで」

京次の提案に、

「よし、榎木の所へ行くか」

源太郎も受け入れた。

榎木の家は広田屋から程近い神田金沢町《かなざわちょう》一丁目の一軒家であった。狭いながらも裏手には庭がある。一本桜が植えてあるのだが、今は真夏とあって、ただの樹木に過ぎない。桜の木の横には祠《ほこら》があり、お神酒《みき》が供えてある。

古びた家屋にあって祠だけが新しいのは榎木が越して来てから造られたからだろう。

榎木は毎朝、この祠に拍手《かしわで》を打っているのかもしれない。

京次が格子戸を叩いた。

「入られよ」

中から声がかかり、京次は格子戸を開けた。

土間を隔てた小上がりに十畳ばかりの部屋が広がり、傘で一杯である。その傘の中に一人の侍が座っていた。粗末な継《つ》ぎ接《は》ぎだらけの単衣を身に着け、月代は伸びているが、髭《ひげ》はきれいに剃られ、温和な面差しは貧しい暮らしぶりながら武士の品格を失っていないように思えた。

「町方の同心殿と拝察致すが、拙者に何用かな」

榎木の問いかけに、源太郎と京次は名乗ってから、

「榎木殿、広田屋の番頭米吉が殺されたことをご存じですね」

源太郎が問いかけた。

「まあ、上がられよ。と、申しても手狭な上に、雑然としておるゆえ、畳の隙間にでも座ってくれ」

榎木に言われ、源太郎と京次は部屋に上がり、腰を据えた。

「米吉殺しであったな、むろん、存じておる。気の毒なことであった。貫太郎殿もさぞや、気落ちしておられよう」

榎木は言った。

源太郎は首肯してから、

「榎木殿は折りに触れ、広田屋を訪れ碁を打っておられるとか」

「いかにも。貫太郎殿もわしも無類の碁好きであるからな。腕もお互い、似たり寄っ

たり、碁会所で打つこともあるまいと、かと申して、ご覧の通り、わしの家ではとてものこと碁など打てぬ。それで、広田屋にて碁盤を囲んでおるが、それがいかがした」

榎木の目が凝らされた。

「役目柄、失礼な問いかけを致すことをお許しいただきたい」

源太郎はそう断りを入れた。

「構わぬ、遠慮なく問われよ」

榎木は背筋をぴんと伸ばした。

「米吉は貫太郎が榎木殿と碁を打つことを快く思っておらなかったとか。それはいかなるわけでございますか」

源太郎の問いかけに顔色一つ変えることなく、

「一つの事件がきっかけと思われるな」

「その事件とは」

「貫太郎殿とはいつも離れ座敷で碁盤を囲むのだが、四日前のことであった。米吉が集金してきた掛《かけ》、五十両が紛失するという一件が起きた。米吉が申すには貫太郎殿に渡したという。そして、米吉は貫太郎殿が五十両を持って離れ座敷に入り、その後、わしが入ったことを見ている」

「では、米吉は榎木殿が五十両を盗んだと考えたのですな」

「そうだ。翌日にはわしの家を訪れて五十両を返して欲しいと申しおった」

この時ばかりは榎木の顔は厳しく歪んだ。

源太郎が黙っていると、

「断じてわしは盗んでなどおらん。ご覧のように尾羽打ち枯《おはうちか》らした浪人者、日々の暮らしにも困窮しておる。だが、わしは武士としての矜持《きょうじ》を失ってはおらん。他人の金に手を出すほど、落ちぶれておらんつもりじゃ」

榎木は堂々と言った。

「貫太郎はなんと申しておるのですか」

「あれから、会っておらぬゆえ、なんと申しておるのかは存ぜぬ」

「それから、米吉が尋ねては来なかったですか」

「一昨日にもまいった。やはり、用件は五十両を返して欲しいということだった。わしはさすがに言葉を荒らげてしまった」

榎木は悔いるように唇を噛んだ。

「わかりました」

源太郎は引き上げようとした。

「これでよいのか。なんなら、蔵間殿が得心がゆくまで、自身番にでも伺うが」

「その必要はございません」

源太郎は言ったが、

「あの、畏れ入りますが」

京次が問いかけをしようとした時、源太郎は制止したが、

「構わんぞ。わしを疑うのなら、とことん調べるのがそなたらの役目じゃ。十手《じって》を預かる身としてはそのようにせねばならんだろう」

榎木は極めて鷹揚《おうよう》であった。

京次は一礼してから、

「なら、お訊きしますが、榎木さまは白河藩にいらしたとか。どのようなお役目をお勤めでしたか」

「納戸方《なんどかた》に勤めておった。この一軒家はな、その時に付き合いのあった商人、神田佐久間町の骨董屋、布袋屋が格安の家賃で貸してくれておる。昨年、入居した当初は妻も一緒であったが、今年の春、行方知れずとなってしまった」

「そら、大変でございましたね、御奉行所には届け出たんですか」

「いや、恥となるのでな」

榎木の妻、志保《しほ》は三月《みつき》前の嵐の晩に家を出て行った。貧しい浪人暮らしに耐えられず、気鬱《きうつ》になり、思い余って出て行ったのだろうということだ。

「失礼ついでに、松平さまの御家中を去ったわけをお聞かせください」

「わしはな、この通りの無骨者、融通は利かん。詳しくは申せぬが上役や同僚とそりが合わず、ある日、上役と衝突し、御家を去ったという次第。一年前のことであった。妻に去られてからは娘と二人暮らしだ」

榎木は言った。

「こちらの腕は」

京次は刀を振るう格好をした。

「いささか、腕に覚えはある。米吉は袈裟懸けに一刀の下《もと》に斬られていたと聞き及んだが、わしなら、そのような大袈裟な斬り方はせぬ。相手の急所を一太刀で命を奪うことができるのでな」

榎木は淡々と言うや、立ち上がり、部屋の隅に置かれた大刀を持って来た。

「さあ、調べるがよい」

源太郎に差し出す。

源太郎は両手で受け取り、刀を抜き、頭上に掲げた。

陽光に煌《きらめ》く刀身は匂い立つような波紋である。武士の魂たる、刀の手入れは怠っていない。

「血糊《ちのり》が残らぬように手入れをしたと疑うやもしれぬが、この刀は人の血を吸ったことはない」

淡々と榎木は語った。

「いや、まこと、見事な手入れぶり。感服致しました」

源太郎は刀を鞘に納め、榎木に返した。

「一昨日の晩は、どこにいらっしゃいましたか」

京次は尚も問い質《ただ》した。

「ここにおった。傘張りの内職をやっておったぞ」

榎木の言葉に乱れはない。

京次はありがとうございますと、頭を下げた。

「どうも失礼しました」

源太郎は榎木の家を出ようとした。

すると、

「ただ今、戻りました」

と、一人の娘が入って来た。

源太郎と目が合い、

「おお、そなたは」

「これは、いつぞやの」

娘は源太郎が助けた武家娘であった。

「喜代《きよ》、蔵間殿を存じておるのか」

榎木の問いかけに、

「以前、お話ししました、親切な八丁堀同心さまです」

「おお、そうであったか。これは奇遇じゃな」

榎木は言った。

「蔵間さまと申されましたか。これは、お名前も伺わず、大変に失礼しました」

改めて喜代は礼を言ってから、目でなんの用かと問いかけてきた。

「いや、ちょっと、町廻りのついでで」

苦しい取り繕いをすると、

「蔵間殿は、広田屋の米吉殺しの探索をしておられる。役目から、わしのところにも話を聞きにおいでになった次第じゃ」

　榎木が答えると喜代の表情が強張《こわば》った。

七

「よもや、蔵間さま、父を米吉殺しの下手人とお疑いですか」

　きつい口調で喜代が尋ねてきた。

「いや、そのようなことは」

　源太郎が口ごもると、

「これ、喜代、蔵間殿はな、役目柄、わしの所に話を聞きにきたと申しておろうが」

　榎木が戒める。

　喜代はきっと唇を嚙み、うつむいた。

　源太郎は、

「では、これにて」

　と、言い置いて家から出た。

　京次と共に木戸を出ようとすると喜代が追いかけて来た。

源太郎は立ち止まって振り向く。

「父の疑いは晴れたのでしょうか」

きつい口調で喜代は問うてきた。

「はい」

源太郎は返事をしたが、京次は横を向いた。

「娘のわたくしから申すのも何でございますが、父はそれはもう人格高潔な武士でございます。それが過ぎ、融通《ゆうずう》が利かなくて御家を去らねばなりませんでした。貧しい暮らしをしておりますが、米吉さんを斬ったりはしません。蔵間さまは、父が広田屋さんの五十両を盗んだ疑いを米吉さんにかけられて斬ったとお疑いなのでしょう」

憤懣《ふんまん》やる方ない面持ちで喜代は問いかけてきた。

「榎木殿が五十両を盗んだと米吉が疑っていたこと、喜代殿はご存じだったのですね」

「米吉さんは、うちにやって来て、言葉遣いこそ丁寧でしたが、それはもう、執拗《しつよう》に父を疑い、しまいには、五十両を返してくれれば、不問にする。でなかったら、御奉行所に訴えるとまで脅すように言ったのです」

その時のことが思い出されるのか、喜代は悔し涙を浮かべた。

源太郎は黙ったまま言葉を返せなかった。

「断じて、父は五十両を盗んでなどおりません。もちろん、米吉さんを斬ってなどおりません」

強く言い置くと喜代は路地を家に駆け戻って行った。喜代の姿が榎木の家に消えてから、

「さすがはお武家の娘ですね。気が強えったらねえや」

京次は首をすくめた。

「喜代殿にしてみたら、父を盗人呼ばわりされた上に辻斬り扱いをされたのだ。屈辱を覚えるのも当然だろう」

「そりゃ、気持ちはわかりますがね。ですけど、米吉が疑うのももっともなんじゃありませんか」

「おまえは、まだ、榎木殿への疑いが晴れておらんのか」

「正直、その通りですよ」

京次は言った。

「よし、貫太郎に確かめてみるか」

源太郎は広田屋に向かった。

広田屋に戻った。

貫太郎とは離れ座敷で会った。四方の障子を取り払い、風の通りをよくしていた。八畳ばかりの座敷は碁盤がある他は殺風景だ。ただ、鴨居《かもい》に掛けられた額のみが装飾の類だが、その額にしたところで、「千客万来」と大書され、なんとも味気ない。

京次は遠慮して濡れ縁で控えていた。

「榎木久次郎と申す浪人者としばしば碁を打っておるそうな」

「はい」

「四日ばかり前、その碁の最中五十両が紛失するという騒ぎがあったとか」

「はい」

貫太郎はうなだれた。

それからがばっと顔を上げ、

「あれは、手前どもの落ち度でございます。榎木さまが盗んだなどということは絶対にありません」

必死の形相で訴えた。

「米吉は疑っていたとか」

源太郎の問いかけに、

「米吉は、最初から榎木さまのことを嫌っておりました」

米吉は尾羽打ち枯らした浪人がこの店に出入りすることに不快感を抱いていたという。

「それで、五十両が紛失すると一も二もなく榎木さまを疑ったのです」

「状況を耳にする限り、米吉が疑うのはもっともな気がするが。ここに出入りした者は誰かおったのか」

「いいえ、おりませんでした。ですが、榎木さまでないことは確かでございます」

「そう思うのは、榎木殿のお人柄を尊敬するゆえであるな」

「その通りでございます」

貫太郎はうなずいた。

「しかし、米吉は榎木殿を疑い続けておったということだな」

「手前は米吉にはもう五十両のことはいい、と言ったのです。五十両の不足は手前が自分の蓄えから補塡をしておきました」

貫太郎は言った。

「改めて尋ねるが、米吉を殺した者、心当たりはないか」

「物盗り目的の辻斬りの仕業《しわざ》ではないのですか」

困惑して貫太郎は尋ね返した。

「その線で追っておるのだがな。はかばかしくはない」

源太郎は言った。

「米吉はかけがえのない番頭でございました。どうか、下手人を挙げてください。そうでないと米吉は浮かばれません」

貫太郎に言われ、源太郎はしっかりと首肯した。

源太郎は京次と共に広田屋を出た。

「やっぱり、榎木さまじゃありませんかね。米吉を斬ったのはともかく、五十両を盗んだのは」

京次は言った。

「しかしな、貫太郎は否定している」

「そりゃ、否定しているというよりも、疑いたくないんですよ。碁の相手がいなくなってしまいますからね」

京次は辛《しん》らつなことを言った。

「そうとも取れるがな。しかし、それで五十両もの大金が盗まれたことを見過ごしになどするものか」

「碁敵《ごがたき》は憎しも憎しっていうじゃござんせんか」

　京次は言った。

「それはそうだが」

　釈然としないまま源太郎は生返事をした。

「ともかく、聞き込みを続けますよ」

「そうだな」

　源太郎は頭上を見上げた。

　日輪がぎらぎらと大地を焦がしている。

　源太郎は聞き込みをすることにした。

　神田川の河岸に居座っている物乞いにも話を聞く。夜まで物乞いをする者はいない。みな、路傍で筵《むしろ》を被って寝ていたそうだ。

「困ったな」

　源太郎は嘆いた。

それから、

「夜店でも冷やかすか」

源太郎は呟いた。

両国へとやって来た。

花火が打ちあがり、両国橋は押すな押すなの人だかりである。床見世や、河岸にも人が溢れていた。

米吉はこの雑踏の中で亡き女房、子供のことを思っていたのだろう。

源太郎も人の波の中に身を投じ、思いに浸ったりしながら歩いていると喜代の姿を見かけた。

喜代が花火見物をしていることに不思議はない。だから、不審ではないが、気になった。

黙って、喜代の姿を追った。

喜代は花火には目もくれていない。それがなんとも違和感を覚える。果たして喜代は若い侍と語らいながらそぞろ歩きを始めた。花火に映る侍はやさ男然とし、喜代と一緒にいるのがいかにも楽しそうであった。

第二章　あやかしの女

一

水無月十日の朝、南町奉行所定町廻り同心、矢作兵庫助《やはぎひょうごのすけ》は町廻りに出ようとしたところで吟味方与力宇田川清兵衛《うだがわせいべえ》に呼び止められた。

二十八歳と歳若いが、やり手であると評判だ。

「暮れ六つ、神田小柳町《こやなぎちょう》の料理屋、真鶴屋《まなづるや》に来てくれ。筋違御門《すじかいごもん》の近くにあるからすぐわかる」

宇田川は囁《ささや》くように命じた。

「何用で」

と、問いかけたが宇田川はそそくさと去ってしまった。秘密めいた態度が気にかかったが、与力から呼ばれたのだ。奉行所では話し辛いことなのだろう。

もやもやしながら矢作は夕暮れを待った。

矢作兵庫助、南町奉行所きっての暴れん坊と評判の男であることを物語るように牛のように無骨な風貌だ。そして、この男、源太郎の妻美津《みつ》の兄であった。従って、源之助のことを「親父殿」と慕っている。


真鶴屋は老舗《しにせ》の料理屋であった。今の主人梅次郎《うめじろう》で四代目だという。

奥の座敷に通されると既に宇田川は待っていた。軒に吊るされた風鈴が夕風に鳴り、縁側に並べられた鉢植えが夕顔の花を咲かせている。

ほっとくつろぐ、夏の夕べだな、と柄《がら》にもない風流めいたものを矢作は感じながら座敷に入った。

「おお、先に始めておるぞ。羽織も脱げ」

宇田川は言葉通り、杯を重ねている。

宇田川自身は八丁堀の組屋敷に帰ったらしく裃《かみしも》から単衣《ひとえ》の着流しという気楽な格好だ。勧められるまま矢作も絽の夏羽織を脱ぎ、宇田川の向かいに座った。

手酌でまずは一献傾けた。料理の膳も整えられていた。鯉《こい》の洗い、鮎《あゆ》の塩焼き、蒲《かま》鉾《ぼこ》が並んでいた。

渇いた咽喉《のど》を清酒が通り抜け、つい、笑みがこぼれた。

「よい、飲みっぷりであるな」

宇田川はにこやかに声をかけてきた。矢作は軽く頭を下げ、用向きを目で尋ねた。

宇田川は杯を膳に置き、

「わざわざ、来てもらったのはな、わしの特命を受けてもらいたいのだ」

「ほう、どのような」

若くて敏腕な与力から特別な命《めい》を受けることに戸惑いと誇りが疼《うず》いた。

「貴船党を存じておるか」

宇田川は問いかけてきた。

正直、初耳である。八丁堀同心として怠慢だと評価されるのではないかと危惧したが、知ったかぶりは尚悪い。

「存じません」

矢作は首を左右に振った。

宇田川は責めることなく淡々と続けた。

「京都の貴船神社にて結成された一党である。貴船神社はな、丑《うし》の刻参《こくまい》りで有名じや」

「ああ、あの薄気味悪い、呪詛《じゅそ》をするという奴ですね」

冗談めかして返すと、

「まこと、その名乗りのごとく、貴船党は不穏な動きをしておる」

「まさか、丑の刻参りをしている不埒《ふらち》な輩《やから》を摘発せよということですか。しかし、丑の刻参りを捕縛するというのはどうなのでしょう」

正直、乗り気ではない。与力から直々に命じられるような役目であろうかと疑問に思ってしまった。

「くだらぬ御用だと思っておろう」

矢作の心中を察し、宇田川は尋ねてきた。

「正直、そう思います」

はっきりと矢作が答える。

「丑の刻参りの探索ではない。貴船党は大名家が絡んで悪事を働いておる」

宇田川は声を潜《ひそ》めた。

「大名家……」

矢作も興味を覚えた。

「貴船党は深川界隈のどこかに潜んでいると思われるのだが、背後にどこかの大名が控えておるらしいのだ」

「大名家絡みの一件に町方が介入できるのですか」

矢作が懸念を示すと、

「貴船党は江戸市中を騒がせ始めた。大店の主人をさらい身代金を奪い取っておる。奴らが狙っておるのは商人ばかりか、武家屋敷も対象としておるようなのだ」

「それは大胆な連中ですな」

矢作もようやくやる気になった。

「しかも、身代金は金子《きんす》ではない。その店の宝を要求しておるのだ」

「家宝ですか」

「掛け軸であったり、壺であったり、仏像であったりな」

「被害の実態はどのようなものですか」

「把握しておるのは一部だと思うが」

宇田川はここで立ち上がり、座敷を出ると手を打ち鳴らした。じきに初老の男が入って来た。羽織袴の町人である。宇田川がこの店の主だと紹介した。

「真鶴屋梅次郎でございます」

梅次郎は両手を膝に置き挨拶をした。

「どのような物を奪われたのか、経緯を語れ」

宇田川に問われ、

「手前どもの家宝で、掛け軸でございます」

掛け軸は雪舟《せっしゅう》の水墨画だという。

「息子がさらわれまして、返して欲しかったら、掛け軸を持参せよと」

息子は四日前の六日の夕暮れ、手習いに行ったきり戻らなかった。やきもきしていると貴船党を名乗る文が届き、掛け軸を翌七日の明け六つに回向院《えこういん》に持参するよう記してきたという。

「そんなに高価な掛け軸だったのか」

矢作が訊くと、

「正直申しまして、わたしにはよくわかりません。三十年ばかり前、親父が上方《かみがた》を旅した際に京の都で買ってきたんです。清水寺《きよみずでら》近くの三年坂《さんねんざか》にある骨董屋さんで買ったそうですわ。雪舟の水墨画が五両で買えるなど滅多にないと骨董屋さんに勧められて手に入れたそうです。絵の値打ちなんか親父はわからんのですが、旅の思い出にしようとしたそうですよ。で、親父が今年の春に亡くなりまして、遺品の整理をしたんです。それで、その掛け軸も神田の骨董屋さんに目利きをしてもらったんですよ」

骨董屋は本物の雪舟だと鑑定し、掛け軸に三百両の値をつけたそうだ。

「三百両……そりゃ、凄い」

矢作は見たこともない絵を想像した。

次いで、

「雪舟といやあ、骨董だの絵だの工芸品だのに無関心なおれでも名前くらいは知っている。で、どんな絵なんだ。あれか、鼠《ねずみ》の絵か」

「鼠……で、ございますか」

意味がわからないようで梅次郎はきょとんとした。

「雪舟じゃなかったっけ、小坊主の頃に悪戯《いたずら》を折檻《せっかん》されて和尚さんから柱に縛られ、泣きながら足の指で涙で床に鼠を描いたんだろう。そしたら、和尚さん、本物の鼠だと思ってびっくりしたって……だから、雪舟っていやあ鼠の絵じゃないのか」

鼠の意味がわかり、梅次郎は首を左右に振ってから、

「鼠じゃありませんでね、唐土の風景ですよ。深山幽谷です」

「山とか川とか谷の絵か。ふ〜ん、そんなもんで三百両か。高名な絵師の作となると、とてつもない値打ちがあるもんだな。それで、その掛け軸を手にここを出たんだな」

「わたしもそんな値打ちのある掛け軸だとは思ってもいませんでした。三百両の値がついた時は狐につままれたようで……とはいっても、親父が残した遺品ですので、ありがたく思い、一日か二日くらいは一番よいお座敷に飾ってたんですが」

そうなると、盗まれるんじゃないかという不安が湧き上がり、後生大事に蔵の中に仕舞ったそうだ。そうはいっても息子の命には代えられない。

「御奉行所に知らせると息子の命はないということでしたので、わたしは掛け軸を持ち、一人で回向院に向かったんです」

ひたすら息子が帰って来ることを念じながら、梅次郎は回向院に着いた。

「約束の明け六つよりも四半時早く回向院には着きました。夜明け前で境内は薄暗かったんですが、それでも見通すことはできました。わたしは必死になって息子を探しました。すると、突然、背後から頭を殴られて気を失ってしまいました」

境内を通りかかった行商人たちに助け起こされ、掛け軸を奪われたことに気づいた。

しかし、息子はいない。

「すぐにも御奉行所に訴えようと思いましたが、ひょっとして家に帰されているのでは、という一縷《いちる》の望みにすがって帰宅したのでございます」

帰宅してみると、息子はいたそうだ。

「とにかく、安堵しました。掛け軸などどうでもいいと思い、息子を抱きしめましたよ」

その時のことが思い出されたのか梅次郎は涙ぐんだ。矢作は梅次郎が懐紙で目頭を拭ったところで、

「息子に貴船党のこと、話を訊いたか」

「いきなり目隠しされ、駕籠に乗せられてどこかの御屋敷に運ばれたそうです。口を利いたり、泣いたりしたら殺すと脅されたものですから、口を閉ざしていたとか。御屋敷では土蔵の中に閉じ込められたそうです」

息子は恐怖心で相手のことを窺う余裕すらなかった。

「息子が帰って来て、安堵はしておるのですが、やはり、このままにしておくのはよくないと、宇田川さまにご相談を申し上げたのでございます」

梅次郎は宇田川を見た。

宇田川は鷹揚にうなずく。

「そなた以外にも貴船党の犠牲になった者はいるのだろう」

矢作の問いかけに、

「手前どものお得意さまの中に幾人かおります。しかし、御奉行所に訴え出る方と出

たくない方がいらっしゃいましてな」

梅次郎の言葉を受け、

「貴船党にはな、南北町奉行所も手を焼いておるし、避けているような感じがするのだ」

宇田川の口調が奥歯に物が挟まったようになったため、梅次郎はそっと座敷から出て行った。

「どういうことですか」

矢作は宇田川に向く。

「なにやら、遠慮があるというかな」

「盗人に遠慮ですか」

「貴船党はな、都のやんごとなきお血筋を受けた方が党首らしいのだ」

「お公家さんですか。お公家さんが盗みを働くとは世も末ですな」

矢作は冷笑を浮かべた。

「さる大納言さまのご落胤で、現役の公卿ではないようなのだがな、御奉行も他の与力方も捕縛するのに及び腰だ」

「なんと言うお公家さんの落とし種なんですか」

「権大納言三条錦実枝卿のお血筋だそうじゃ」

「三条錦卿って、どんなお公家さんだったんですか」

矢作の問いかけに宇田川は躊躇《ためら》うように口を閉ざした。普通の同心なら与力への遠慮で問いを控えるものだが、南町一の暴れん坊、矢作はそれでは収まらない。

「おっしゃってくださいよ。気になるじゃありませんか」

開けっぴろげな矢作の問いかけに宇田川は吹っ切れたようだ。空咳を一つしてから語り始めた。

「三十年ほど前のことだ。ただ今の上皇さまが天子さまに即位された際、お父上の閑院宮さまに太上天皇、つまり上皇の称号を贈りたいと御公儀に申し入れられたのだ。時の幕閣を担っておられたのは松平越中守《えっちゅうのかみ》さまだった。越中守さまは、天子さまにお成りになっていないお方に上皇号は贈れないと拒絶なさった」

宇田川は言葉を止めた。

矢作が退屈そうにあくびをかみ殺したからである。宇田川の不快な視線を受け、さすがに矢作もぺこりと頭を下げ、

「やっかいな政《まつりごと》があったってわけですね」

「まあ、そういうことだ。天子さまの意向を受けた公家が何人か江戸に下向して越中

守さまと折衝をされたが、越中守さまは頑として拒否。一件を落着させるため、公家方を処罰された。三条錦大納言さまはもっとも強硬な態度であったということで、剃髪の上、官位を剝奪され、以後、貴船に隠棲されておられたが、今年の春、病で亡くなられたそうだ」

「そんな事情があるだけに、御奉行も遠慮しているってことですか。でもそんな昔話を気にすることはないと思いますけどね。大納言さまの落ち筋だろうが、盗人は盗人でしょう。ただ下手《へた》に手を出したら火傷《やけど》しそうですけどね」

「わしもそう思うのだがな、御奉行は松平家より貴船党探索を控えるよう申し入れがあって手控えるよう与力たちに命じた。わしが異を唱えると松平家の側用人、横川主計さまが面談に来られ、貴船党探索は控えるようきつく申された」

「松平さまは盗人一味を野放しにしておけって、おっしゃるんですか」

不満を隠そうとせず矢作は言い立てた。

「そうではない。おまえの不満を解消するために申すが、くれぐれも他言無用だぞ」

秘密めいた宇田川の物言いに矢作は黙ってうなずいた。

「詳しいことはわからんが、貴船党、松平家の家宝を奪ったそうだ。その家宝とは三条錦大納言さまから贈られた香炉らしい。大納言さまは、隠棲の身には過ぎたる品だと皮肉を込めて贈ったのだとか。越中守さまは受け取りを遠慮されたが、大納言さまは、一旦贈った品を返してもらうわけにはいかないと返還されることを拒絶なさった。大納言さまのせめてもの抵抗であったのだろう。越中守さまは不承不承《ふしょうぶしょう》、蔵の中に仕舞われた」

「じゃあ、貴船党はその香炉を今頃になって返せって要求したことになりますね」

「大納言さまが亡くなられたことをきっかけに、取り戻すべく江戸にやって来たのかもしれん」

「さぞ、高価な香炉なんでしょうね」

「わしには想像もつかんが、百両や二百両ではあるまい。白河楽翁さまは、過去の亡霊が蘇《よみがえ》ったような貴船党、なんとしても家中で貴船党を捕縛せよと厳命されたのだ」

「町方に任せては御家の沽券《こけん》に関わるということですか」

「そういうことだ」

宇田川は苦笑を漏らした。

それから背筋をぴんと伸ばし、

「だがな、わしは、このまま見過ごすことはできん。貴船党は松平家ばかりか、商人どもの家宝も奪っておるのだ。三十年前の越中守さまに対する意趣返しだけではない。奴らは高価な家宝を奪う、盗人集団だ。京からやって来た盗人どもに江戸を好き勝手に荒らされるのを、指をくわえて見ていられるものか！」

語気を荒らげた。

若き与力は熱血漢のようだ。矢作は気圧《けお》されたように口をつぐんだ。

興奮した自分を恥じ入るように宇田川は軽く舌打ちをして改めて矢作を見た。

「町奉行所を見回しても、この探索をわしと共にやってくれる者となると、そなたしかおらん」

神妙な表情で宇田川は言った。

「見込んでくださったのはうれしいことですが、いささか、わたしには荷が勝ちすぎるのではござりませんか。松平さまの側用人、横川さままでが釘を刺されたのでしょう」

珍しく弱気な発言をしてしまった。

孤立無援で盗人集団の探索をすることの恐怖心ではなく、言葉通り、一人で奮闘しても限界がある。

それを宇田川は謙遜と受け取ったようで、

「そなたならできる。南町切っての暴れん坊の豪腕が是非にも必要なのだ。なあ、頼む。矢作兵庫助の豪腕を是非とも役立ててくれ。この通りだ」

と、頭を下げた。

「宇田川さま、わたしなんかに頭を下げることはありませんよ」

「ならば、承知してくれるか」

宇田川はがばっと顔を上げ、期待の籠もった目を向けてくる。これでは断ることができない。

「わかりました。及ばずながら、力を尽くしたいと存じます」

矢作には不似合いな優等生の言葉を発し、密命を受け入れた。

「感謝する。貴船党なんぞに、舐《な》められてなるものか。八丁堀同心の意地を見せてやれ」

宇田川に鼓舞され、矢作は燃えるような情念に胸が一杯となった。

「ならば、わたしは貴船党探索に専念します。それで、貴船党の党首がまこと、三条錦卿、所縁《ゆかり》の方とわかったら、いかがしますか」

「捕縛せよ」

「お縄にして構わないんですね」

矢作の念押しに、

「盗人に過ぎぬ」

強い口調で宇田川は命じた。

「承知しました」

矢作も力強く答えた。

宇田川は満足し、酒宴を楽しんだ。

駕籠で帰る宇田川を見送り、矢作は徒歩で八丁堀へ向かった。

と、誰かにつけられているような気がする。

「誰だ」

声を放ったが返事はない。

月明かりにほの白く照らされた往来に人気《ひとけ》はなかった。

二

あくる十一日、矢作は貴船党の行方を追うべく宇田川より教えられた貴船党の被害に遭った商家を数軒訪ねた。しかし、みな、避けるようにして話しすらするのが億劫《おっくう》なようだ。

それでもかろうじて聞き出したところによると、身内をさらわれ、身代金として家宝を要求され、持参し、接触することなく身内は返されたということだ。

「どうも、面白くねえな」

矢作は舌打ちをした。

日本橋の高札場《こうさつば》を歩いていると読売が貴船党のことを書き立てている。買い求めて、茶店に入った。一休みをしながら読売に目を通す。貴船党の首領である三条錦卿と松平定信の因縁話が記され、貴船党が江戸を騒がす原因は定信が天皇をないがしろにしたことだとして、定信を批判している。

宇田川は他言無用だと釘を刺したが、こうした醜聞めいた話は漏れやすいものだ。家宝を奪われた商人たちもいるが、商人たちは尊皇心に駆られ、貴船党には同情的とまで書き立てられていた。これでは、南北町奉行所は益々及び腰となり、貴船党を増長《ぞうちょう》させることになろう。

「困ったもんだな」

矢作は苦い顔をした。

すると横に座った女が、

「貴船党、なかなか、やるねえ」

矢作に語りかけるともなく言った。

横目に映った女は瓜実顔《うりざねがお》で目元に色気がある。素人《しろうと》ではない、芸者か常磐津《ときわず》の師匠かと矢作は見当をつけた。

「江戸で好き放題にされて、八丁堀の旦那は悔しくないのかね」

矢作を八丁堀同心と見てわざと批判しているようだ。腹は立つが矢作は相手にしないでいた。そんな矢作を挑発するかのように女は続けた。

「お公家さまの血筋ってことでびびっているんだね。ほんと、腰が引けているよ。南北町奉行所に一人くらい骨のある旦那はいないもんかねえ」

どうやら、意図的である。矢作に接触をしたいのだろう。

「おい、女、それはおれに言っているのか」

矢作は聞き返した。

「あら、独り言のつもりでしたけど、聞こえてしまいましたか」

小馬鹿にしたように女は声を上げて笑った。

「何か魂胆《こんたん》あってのことだろう」

矢作は女を睨んだ。

「魂胆なんてありませんよ。貴船党って悪党をのさばらせていいのかってね、そんな民の声をお聞かせしようっていうことですよ。民の声なき声、お耳に届きましたか」

女は臆せず答えた。

「真横でこれみよがしに聞かされたんじゃな、嫌でも耳に入ったさ」

「で、旦那は貴船党を討伐する気概がおありですか」

女は目を凝らした。

「おれをあなどるな」

矢作は胸を張る。

「ほう、お身体同様、肝《きも》も太そうな旦那だこと」

「馬鹿にするなよ、女」

矢作は声を大きくした。

茶店の客たちがこちらを見る。なんでもないと矢作は声をかけた。客たちは関わりを避けるように視線をそらした。

「おお、怖い」

言葉とは裏腹に女はしれっと肩をすくめた。

矢作は憤然と席を立った。

「旦那、まこと、貴船党を退治してくれますか」

引き止めるように女は声をかけてきた。

「むろんだ」

吐き捨てるように矢作は返した。

「では、今夜、深川海辺新田にある海辺稲荷へ、お一人でおいでください」

口早に告げると女は歩き去った。

「そこに何があるのだ」

矢作の問いかけに女は返事も振り向きもせずに雑踏に紛《まぎ》れた。

「なんだ、あの女」

矢作は舌打ちをした。


その晩、矢作は女からの誘いに乗り、海辺新田の海辺稲荷へとやって来た。町名通り、盛り場や人家から離れた海岸に近い埋め立て地とあって殺風景なことこの上ない。

上弦《じょうげん》の月明かりを受けた鳥居は砂混じりで所々朽ちている。寄せては返す波の音が耳に鮮やかだ。森閑とした境内に足を踏み入れると、女の後ろ姿が見えた。

矢作が近づくと女は振り返った。

一瞬、ぎょっとした。

女は狐《きつね》の面を被《かぶ》っていたのだ。

「茶店で会った女だな」

矢作が声をかけると、女は狐面を取った。

間違いない。色っぽい目元、人を食ったような笑みを浮かべていた。

「よくぞ、おいでくださいましたね」

女は言った。

「貴船党はどこだ」

矢作が勢い込むと、

「焦らないでくださいよ。まだ、お互い、名乗ってもいないではありませんか」

たしなめるように女は言い、

「朱美《あけみ》と申します」

と、名乗るとぺこりと頭を下げた。

「南町の矢作兵庫助である」

お互い名乗ったところで、

「こちらへ、いらしてください」

朱美は矢作を誘って奥へと向かった。

稲荷の境内は雑草が生い茂り、社殿も潮《しお》で朽ちかけていた。いかにも盗人の巣窟のような佇まいだ。

矢作はいつ襲われてもすぐに刀を抜けるよう心構えをした。朱美は貴船党の一員ということか。自分をここに誘い出したということは、貴船党にとって邪魔者とみなして、始末しようというのではないか。

だとすれば、

「飛んで火に入る、夏の虫か」

矢作は独りごちた。

そんな矢作の気持ちなど、どこへやら、朱美は足早に進む。奥まった境内に拝殿や本殿とは別に社殿があった。

この社殿ばかりは、いささか、新しい。

近づくと、蔀戸《しとみど》が開けられており、蠟燭《ろうそく》の明かりが漏れている。

朱美が樫《かし》の木の陰に身を潜ませた。

「矢作の旦那、こっち、こっち、そんなところにぼっと立ってちゃ駄目だよ」

朱美に注意され、矢作も樫の木陰に身を寄せる。

「貴船党、あの社殿にいるんだな」

矢作が腕まくりすると、

「せっかちだね、旦那は。まあ、様子をご覧くださいよ」

朱美は宥《なだ》めるように矢作の肩を叩いた。

矢作は息を詰めた。

板敷きに商人風の男たちが集まっていた。

「まさか、あの連中が貴船党なのか」

矢作が問いかけると、

「だから、はやらないで、まずは見ていてくださいって」

朱美は言った。

矢作は口を閉ざした。

しばらくすると商人とは違う数人の男たちが入って来た。鬼、狐、狸《たぬき》、天狗《てんぐ》、そしてひょっとこ、など様々な面を被っている。

いかにも物騒《ぶっそう》な者たちであった。

その中の鬼の面を被った男が言った。

「ならば、これより、競《せ》りを行う」

商人風の男たちはどよめいた。

数人が宝物を運んで来た。

仏像、青磁の壺、掛け軸、皿などである。

ひょっとこ面の男が掛け軸を手に取り、

「雪舟の水墨画です。正真正銘の雪舟。さあて、三百両から始めさせていただきましょうか」

参加者に呼びかけた。

すぐに声がかかり、

「三百十両」

「三百三十両」

直後に値が吊り上がった。

結局、雪舟の掛け軸は五百両もの値で競り落とされた。落としたのは上野黒門町《うえのくろもんちょう》の両替商近江屋《おうみや》であった。

「あれは神田の料理屋、真鶴屋梅次郎から貴船党が奪った雪舟の掛け軸だろう」

矢作が問いかけても、

「さてね。まあ、黙って見ててごらんなさいよ」

朱美はいなした。

その後、青磁の壺、皿、仏像が次々に高値で競り落とされた。商人たちがいなくなってから、

「みんな、貴船党が手に入れたお宝であるのだな」

矢作は聞いた。

「そういうことですよ」

「ならば、面を被った怪しげな連中が貴船党ってことか。奴ら、奪い取ったお宝をこんな所で売りさばいているってことだな。それにしても、高値がついたもんだな。それで、朱美、おまえは貴船党とどのように関わっておるのだ」

「わたしは無関係ですよ」

「無関係の者がどうして貴船党が催す秘密めいた競りを存じておるのだ」

「そんなこと知らなければ、貴船党を退治できないんですか」

「そんなことはない」

「なら、どうだっていいじゃござんせんか。あたしゃ、旦那が貴船党を退治してくだ

さるって見込んだから、ここにお連れしたんですよ。強《し》いて言えば、あたしはね、貴船党に恨みを抱く者」

「話したくはないかもしれんが、貴船党を恨んでいる者がどうして貴船党の競りの場を知っておるのだ」

「へへへ、今は、貴船党のために働いているんですよ」

「ということは、貴船党に潜り込んでおるのか」

「ま、そんなところです」

「隠密か」

「いいえ、そんな怖い者じゃござんせん」

朱美はかぶりを振った。

「では、何者だ」

「貴船党を退治する者の味方とだけおわかりになればよろしいのじゃありませんか」

「それでも構わぬが」

「これから、旦那に貴船党のネタを差し上げますよ」

「そんな必要はないさ」

矢作は社殿に残った人数が五人と数え、

「五人くらい、おれ一人で十分よ」

矢作は腰の十手を引き抜いた。

「ほんと、せっかちだね。だから、あの連中を捕縛したところで、蜥蜴《とかげ》の尻尾切りですって。頭目《とうもく》を捕らえない限り貴船党は滅びることはありませんよ」

「それもそうだな」

「今、あいつらを捕縛したら、貴船党は用心をして、雲隠れをしてしまうだけ」

「よくわかった。ただな、せっかくの貴船党の手がかりではないか」

「焦りなさんな」

「頭目の居場所はどこだい」

「それはわからないんですよ。居所はごくごく近しい手下にしか明かさないということですからね。だから、焦らず、待つことですよ。あたしが必ず居所を摑んでやるからさ」

自信たっぷりに朱美は言った。

「頼むが、おまえ、危ない目に遭うぞ」

「承知さ」

朱美は笑みを広げた。

三

あくる十二日、矢作は海辺稲荷の競りで、雪舟の掛け軸を競り落とした上野黒門町の両替商近江屋を訪ねた。

矢作が主《あるじ》を呼んでくれと頼むとすぐに主がやって来た。主は矢作を八丁堀同心と見て警戒の色を浮かべた。

「ちと、教えてくれ」

矢作は丁寧な物腰で聞いた。

「なんでございましょう」

「雪舟の掛け軸を手に入れたであろう」

「ええ……」

「昨夜、五百両もの大金で」

表情を変えずに問いかけた。

「ど、どうして、そのことを」

主は顔を引き攣《つ》らせた。

「それよりも、あの競りにはちょくちょく、顔を出すのかい」

「いえ、初めてでございました」

「本当だな」

「嘘ではございません」

「競りを主催していたのが何者か存じておるのか」

「さる好事家《こうずか》だとだけ……」

「好事家っていうと、何者だ」

「なんでも、高禄のお旗本が秘蔵のお宝を売り捌《さば》いていらっしゃると、神田の骨董商布袋屋さんから教わったんです」

「ならば、布袋屋が主催しておったということか」

「それがそうでもなくてですね、布袋屋さんはさるお旗本の依頼で懇意にしているお得意に声をかけているだけだってことです。それと、お宝の目利きです。布袋屋さんは骨董の目利きでは大した評判でございますから」

「布袋屋はさるお旗本に依頼され、競りを行ったということだな。それで、さるお旗本とはどなただ」

「存じません」

「あんたから聞いたとは言わないから、教えてくれ」

「本当に存じ上げないのですよ。骨董好きにとっては、いい出物がありゃ、誰からでも買わせてもらいますよ、明らかに盗品だってわかれば別ですけど……」

「布袋屋の主は来ておったのだな」

「ええ、競りの値をつけていた人ですよ」

「というと、ひょっとこの面の男か」

「さようです」

主は即答した。

それから不安そうに顔を歪め、

「あの、手前はお縄になるのでしょうか」

「いや、そんなつもりはないさ」

矢作は言うと店から出た。

その足で神田佐久間町の骨董屋、布袋屋へとやって来た。間口《まぐち》五間《けん》の店先には日よけ暖簾《のれん》が掛かり、布袋の絵模様が描かれている。

縁台に壺や皿、茶器が並べられ、壁には掛け軸がいくつも掲げてある。矢作には夜店で売られている瀬戸物との区別もつかない。

主人木兵衛の客とのやり取りを矢作は黙って聞いていた。声音は間違いない。ひょっとこ面の男である。木兵衛は初老で小柄、ぎょろ目で角ばった顔をしている。上等な紬《つむぎ》の着物に夏の絽《ろ》羽織を重ね、物腰柔らかくそつのない客応対をしていた。

客とのやり取りが終わると、

「ちょっといいか」

矢作は問いかけた。

「何か、お探しでございますか」

木兵衛は愛想と警戒が入り混じった顔になった。

「おれにはまったく、骨董の値打ちがわからんのだが、こうした物はどうすれば目利きができるようになるのかな」

「それはやはり、本物を数多く見ることでございます。骨董の商いをしておりますと、ずいぶんと痛い目にも遭います。手前も若い時分には、とんだ贋物《にせもの》に何遍もひっかかったもんです。悔しい思いをしましたが、ま、授業料ですな」

木兵衛は頭を掻いた。

「店に並んでいるのは名物ばかりなんだろうな」

矢作は白天目《てんもく》の茶碗を手に取った。

「店には値の張る物もありますが、せいぜい本物でも五十両の品までです。万引きされたら大変ですからな。で、大切な品は蔵の中に仕舞っております。お客さまのご要望にしたがって、お見せします」

「本物となると、とても八丁堀同心風情が手を出せるもんではないな」

矢作は壺を棚に置いた。

「ぴんからきりまで用意しておりますので、ゆっくりご覧ください」

ぎょろ目を向け、木兵衛は微笑みかけてきた。

矢作はぎょろ目を見返し、

「ところで、ひょっとこよ」

「ええ……」

木兵衛はぎょろ目をしばたたかせた。

「おまえ、ひょっとこ面の骨董屋だろう」

矢作は木兵衛に向き直った。

「なにをおっしゃいますか」

矢作の視線から逃れるように木兵衛は横を向いた。

「惚《とぼ》けなくていいよ。昨晩、海辺新田の海辺稲荷で景気よく骨董品を競っておったじゃないか」

ずばり矢作は斬り込んだ。

「そ、それは……」

木兵衛は棚に並んだ品々を手に取り始めた。

「おまえだな」

矢作は木兵衛の襟首を摑んだ。小柄な木兵衛は爪先立ちになり、口を半開きにして矢作を見上げた。

「はい……申し訳ございません」

木兵衛は何度も頭を下げた。

矢作は手を離した。

首をさすりながら息を整えた木兵衛に、

「話を聞かせてくれ」

矢作は十手を掲げる。

「あたしは、ただ、骨董の目利きをして競りを任されただけでございますよ」

木兵衛は言った。

「誰に頼まれた」

「それは、申せません。さるお旗本さまとしか」

木兵衛の額から汗が滴《したた》る。

「その旗本が秘蔵のお宝を捌いて欲しいとおまえに頼んだってわけか」

「さようでございますとも」

「その秘蔵のお宝が、さるお旗本の蔵からではなく、よからぬ方法で手に入れられた品だとしたらどうだ」

矢作の追求に木兵衛の顔が曇った。

「貴船党を知っているな」

「いえ、その、さあ、手前は存じませんが」

「おい、今、巷《ちまた》じゃ貴船党の噂で持ちきりだぞ。耳《みみ》ざとい骨董屋が知らないはずなかろう」

「ああ、その、手前が申し上げたいのは貴船党の名前は聞いたことはありますが、貴船党の誰とも見知っていたり、ましてや懇意にはしていないということでして」

苦しい言い訳を木兵衛はした。

「おまえが競りを行ったお宝、貴船党が商人たちからかっさらったものという疑いが濃いんだよ」

　矢作が疑いをかけると、

「まことでございますか」

　ぎょろ目を大きく見開き、木兵衛は驚きを示した。疑わしいが嘘だと決め付けることもできない。

「さる旗本などと申しておるが、実際は貴船党から競りを任されたのではないのか」

「滅相もございません」

　木兵衛はかぶりを振る。

「その旗本の名前を教えろ」

「それは、ご勘弁ください」

「いい加減にしろよ。おれを舐《な》めちゃいけねえぞ。さるお旗本が貴船党だってわかったら、しょっぴくからな」

　十手で木兵衛の肩を叩き、矢作は脅しをかけた。

「ですが、お旗本さまにご迷惑をおかけすることになります」

　声を裏返らせ、木兵衛は抵抗した。

「こっちはな、貴船党の探索なんだ。惚《とぼ》けてもらっちゃあ、困るぜ」

「ですが」

この期《ご》に及んでも木兵衛は口を割ろうとしない。

朱美の顔が脳裏に浮かんだ。

焦っちゃいけないよ、と、小馬鹿にしたような笑みを投げかけている。

朱美には内緒で競りに参加した商人や競りを取り仕切った骨董屋の聞き込みを行っているのだ。無理強いをして貴船党に警戒心を呼び起こさせては、朱美の探索に迷惑を及ぼすかもしれない。

無理やり白状させることを躊躇《ためら》っていると一人の侍が入って来た。身形《みなり》のいい、品《ひん》のある侍だ。木兵衛の目が彷徨《さまよ》った。ひょっとして、さる旗本と関係しているのかもしれない。

矢作は木兵衛から離れ、素知らぬ顔でその侍を観察した。侍に木兵衛は丁寧に頭を下げ、

「どうぞ、奥へ」

と、矢作の目を気にしてか奥へと導いた。

しかし、

「いや、よい。急ぐゆえ、いくらで捌けたかだけを聞かせよ」

侍は矢作を横目で見ながら口早に問いかける。まさか貴船党探索を行っているとは思っていないようで、ためらいがちな木兵衛をせっついた。

木兵衛は黙って、奥から帳面を持って来た。

昨晩の競りの上がりを確かめに来たのだろう。矢作の胸は躍《おど》った。

侍は帳面に目を通してから、

「また、頼むぞ。近日中にまた獲物が入る」

そそくさと布袋屋を出た。

矢作は後を追った。


侍はきびきびとした動きで歩いて行く。矢作は間を置き、見失うことなく追った。

両国に差し掛かったところで侍は茶店に入った。

矢作も茶店に入り、離れた席から様子を窺《うかが》った。侍は冷たい麦湯を頼んだ。咽喉《のど》を鳴らし美味《うま》そうに飲み干す。それを見ていると矢作も咽喉の渇きを覚えた。しかし、こらえて唾を飲み込む。

すると、朱美が入って来て侍のそばに座った。

侍は正面を向いている。

朱美は何事か囁いた。侍は前を見たまま軽くうなずいた。

侍は茶店を出ると、おもむろに歩き出す。

朱美も侍とは反対方向に向かって歩き去った。


侍は築地に到った。

そして、広大な屋敷へと入って行った。

「楽翁邸じゃないか。ということは、松平越中守さまの家来か」

矢作は驚きの顔で門を見上げた。

そこへ朱美がやって来た。

「面白いでしょう」

朱美は言った。

「侍は白河さまのご家臣なのか」

「見ての通りさ」

「貴船党は松平越中守さまと敵対をしているんじゃないのか」

「だから、面白いって言っているんじゃないのさ」

朱美はけたけたと笑った。

「どういうことだ。まさか、貴船党は白河さまが糸を引いておられるということではあるまいな」

「さてどうかしらね」

「おまえ、惚けるなよ。いい加減にしてくれ。おれは短気だ。でもな、こうまで思わせぶりにされたんじゃ、気の長い奴だって、怒りだすぞ」

矢作は顔を歪めた。

しかし、朱美はどこ吹く風である。

「ここまで、辿り着いたんですよ。矢作の旦那、もう一踏《ふ》ん張《ば》りしてみてはいかがです。ご自分で確かめるのが一番じゃござんせんかね。ねえ、八丁堀の旦那」

挑みかかるように朱美は言った。

「わかったよ」

矢作は闘志を燃やした。

「なら、旦那」

朱美は去って行った。

「ふん、勝手にしやがれ」

矢作は石ころを蹴飛ばした。

四

十二日、矢作が築地の楽翁邸まで探索の手を伸ばした日、源之助はというと、お由美に繰り返し、鳳凰の香炉を奪われた経緯を確かめた。

しかし、いつ、どこですり替えられたのかはわからず仕舞いである。あれから、貴船党からの連絡はない。松平定信への恨みというのなら、香炉を一つ盗んだくらいで復讐を果たしたことになるのだろうか。

そんな疑問を抱きつつ、源之助は定信に呼ばれ、邸内の数奇屋で対面をした。

「申し訳ございません。未だ、貴船党につきましては手がかりを得てはおりません」

まず、源之助は詫びた。

「もとはと申せば、わしの手抜かりじゃ。それにしても貴船党の者ども、三条錦卿のご落胤を頭目としておるということであるが、わしを拉致した者の中に雅《みやび》さを感じさせる者などおらなかった。頭目らしき男と二言三言、言葉を交わしたが、公家の血筋とは思えなかった。むしろ侍のようであった。もっとも、目隠しをされておったゆえ、しかと決め付けられぬがな」

「白河さまを海辺新田まで運んだ駕籠かきの証言とも一致します。貴船党の頭目が三条錦大納言さまのご落胤かどうかはわかりませんが、貴船党に侍、おそらくはどこかの大名家の家臣たちが加わっておることは確かでござりましょう」

「うむ、貴船党め、大納言殿の恨みを騙《かた》り、何か大きな企みを抱いておるやもしれぬな」

「白河さまにおかれましては、こたびの企て、三十年前の遺恨を偽装した盗人どもの企てであるとお考えなのですね」

「おそらくはな」

定信はふと険しい顔をした。

「何か思い当たることがあるのではございませぬか」

「蔵間の目は誤魔化《ごまか》せぬのう。わしはな、家中の騒ぎが関係しているのかと思えてならない」

「家中にはいさかいがあるのですか」

「いさかいというほどではないが、ちと納戸方《なんどがた》のことが気になってな」

定信は藩政には口を出さないことにしているそうだ。

裏門脇にある番小屋に横川主計を呼んでもらった。

「蔵間、貴船党、江戸を騒がしておるようだな」

横川の言葉に源之助はうなずいた。

「白河さまからお聞きしたのですが、御家中の御納戸にて何やら揉め事があったとか」

「あったな。だが、そのことと貴船党は関わりがあるとは思えんがな」

横川は言いながらも、

「ならば、御納戸方の次席を呼ぶか」

と言い、御納戸方次席を勤める花沢甚五郎《はなざわじんごろう》を呼んだ。

待つ程もなく花沢はやって来た。まだ歳若く誠実で生《き》まじめそうな男である。顔形は違うが、息子の源太郎と似た雰囲気を醸し出していた。

花沢は横川に一礼し、源之助にも会釈を送ってきた。

「こたびの鳳凰の香炉を奪われた一件だが、大殿におかれては、この蔵間に探索の依頼をなさっておることは存じおるな」

横川に言われ花沢は源之助に向いた。

「ここ数年、御納戸方で揉め事が生じたと白河さまよりお聞きしました。その揉め事について、お聞かせください」

源之助が問いかけると、

「揉め事と申しますか……」

花沢は横川を慮《おもんぱか》るような目をした。一年前まで横川は御納戸支配をしていたのだ。きっと、当時を語ることに躊躇《ためら》いが生じているに違いない。

「構わんぞ」

横川に促され、

「実は、蔵の中の宝物に関しまして、揉め事が生じたのです」

花沢は言った。

「できましたら、具体的にお話しください」

「わかりました。ですが、当家の恥ともとられかねない事ですので、くれぐれもご内聞にお願い致します」

「むろんのこと」

「昨年、当家におきましては、領内に思いの外の嵐が襲いました。併せてひどい冷害でもあり、年貢の取り立てが著しく減ってしまったのです。商人への借金はひとまず待ってもらうことができましたが、それだけでは到底やりくりができませんでした。

勘定方から泣きつかれ、やむなく御家の宝を手放す話が持ち上がったのです」

「その中には鳳凰の香炉もあったのですね」

「鳳凰の香炉もございましたし、それ以外にも数々の宝物を売りに出そうかと算段したのです。しかし、重役方の許可は下りませんでした」

花沢の言葉を受け横川が説明を加えた。

「隠し立てをするつもりはないゆえ申すが、反対をしたのはわしだ。わしが異を唱え、重役方に上申し、それを重役方が了承されたのだ」

源之助がうなずくのを見て、横川は話を続けた。

「財政難と申しても、それをなんとかやり繰りをして凌ぐのが勘定方の役目であるとわしは申した。飢饉、嵐は一時のものじゃ。よって、御家伝来の宝物を目先の金欲しさに売り飛ばすことの愚をわしは指摘したのだ」

まさしく正論であろうと横川は話を締めくくった。

「横川さまと意見を異にするお方もおられたのではございませんか」

「おった。実に融通の利かぬ男であった。その男は、家宝のうち、最早、蔵の中に眠ったままの物を何十と帳面に記し、それらを売ってはどうかと提出しおった」

横川が苦々しい顔をすると、

「その者は、宝物といえど埃《ほこり》を被っておるくらいなら役に立った方がよいとの考えであったのです」

花沢は補ったつもりだが、

「そなたは、まだ、榎木の肩を持つのか」

吐き捨てるようにしてなじった。

「榎木殿と申されるか」

源之助が問いかけると横川は苦い顔のまま、

「榎木久次郎、御納戸方次席であった。何しろ、一徹者と申しますか、己の考えに固執する男でございましてな。その挙句、なんと、宝物の一部をくすねたのです。有田焼きの皿であったのですが、百両はするという一品でござった」

横川が榎木をなじると、

「いや、有田焼の皿盗難の一件は、榎木殿は否定をしておられました」

またしても花沢は榎木を庇った。

「認めないだけじゃ。まこと、往生際《おうじょうぎわ》が悪い男よ。皿が収納されておった土蔵におったのは榎木と榎木の女房だけだった」

榎木の言葉を受け、

「榎木殿の奥方が何故、土蔵におられたのですか」

源之助は問い返した。

「夜食を届けたと女房の志保は申しておった。ところが、志保という女子、榎木とは正反対でな、生まじめな亭主と違って大の遊び好き、寺参りだの芝居見物だのと、しょっちゅう出歩いておった。よって、遊興費欲しさに皿をくすね、売り飛ばしたのであろうて」

横川は舌打ちをした。

源之助は花沢に視線を移した。花沢は、

「またも、榎木殿を擁護するようで横川さまには叱責を受けるかもしれませぬが、榎木殿は否定しておられます。榎木殿は正直なお方、決して偽りは申されませぬ」

「そうは申すが、志保は旅芸人に入れあげた挙句、駆け落ちしたそうではないか」

意外なことを横川は言った。

源之助を見つつ花沢は抗弁した。

「それとて、はっきりとはしておりません」

さすがに源之助は気になり、

「旅芸人と駆け落ちというのは、皿が紛失してからのことですか」

この問いかけには花沢が答えた。

「榎木殿が御家を去られてからです。一年前、皿の紛失の責任を取られ、御家を去られました。市井にてお暮らしになっておられますが、今年の春、そう、あれは卯月《うづき》一日の晩、嵐が江戸を襲った夜更けのこと、志保殿は忽然と姿を消したのでござる」

「だから、旅芸人と駆け落ちをしたのだ。そんな噂があるとおまえも申したではないか」

横川が口を挟むと、

「あくまで噂です。真相はわかりません。志保殿は確かに遊び好きのご気性でございましたので、貧しい浪人暮らしが嫌になって飛び出したということでございましょう。旅芸人と一緒かどうかはかわかりません」

あくまで花沢は榎木を庇った。

「貧しい浪人暮らしとのことですが、今は何をしておられるのですか」

「傘張り、日雇いといったところであろう」

冷たく突き放したように横川が答えた。

「貧しくとも武士の矜持《きょうじ》を失わず、毅然と暮らしておられます」

すかさず、花沢が言い添えた。

花沢を横目に見て横川が言った。

「大殿には申し上げておらんのだが、今回の貴船党騒ぎ、榎木が関わっておるような気がしてならんのだ」

目をむく花沢を無視して横川は続けた。

「榎木の奴、自分が提案した眠った宝物の売却を拒否された上に皿盗難の疑いをかけられた恨みを晴らそうとしたのではあるまいか。しかも、眠った宝物によってな。当家とわしへの意趣返しというわけだ。榎木はむろんのこと、鳳凰の香炉に関する曰《いわ》くをよく存じておった。貴船党を名乗り、三十年前の尊号一件を蒸し返して、貴船党などといういかにも江戸庶民が好みそうな話をばら撒いて溜飲《りゅういん》を下げておるのだ」

横川の一方的な決めつけに花沢が黙っているはずはない。

「横川さまの推量は間違っておるとわたしは思います。榎木殿はそれは一徹なお方ではございますが、盗人まがいのことをやり、当家を貶《おとし》めるようなことをするはずがございません」

花沢の反論に横川は思わせぶりな笑みを返し、

「そなたは、喜代に惚れておるから目が曇っておるのだ。まだ、未練があろう」

花沢は顔を真っ赤にして、

「何を申される。無礼ではござりませぬか」

源之助が割って入るように、お互いの顔を見比べつつ、

「喜代殿とは榎木という御仁の娘でございますか」

この問いかけには横川が答えた。

「花沢は喜代と夫婦約束をしておったのだ。花沢、いい加減、未練を断て」

強い口調で横川は花沢に言った。

「わたしは……わたしは喜代殿には未練はござらん。夫婦約束は破談にしております」

「そう言いながら、未だ、家中での縁談を受けぬではないか。喜代に未練があるからだろう」

横川は冷笑を浮かべた。

花沢は拳を握った。こめかみから汗が伝わり落ちる。

険悪な空気が漂う中、源之助が空咳を一つしてから、

「話が本題より、それてしまったようですな。御納戸方で生じた揉め事というのはわかりました。白河さまが貴船党と御納戸方の揉め事と関連づけてお考えなのは、白河さまも貴船党の党首を榎木と思っておられるからですかな」

「今申したようにわしは大殿には榎木が貴船党と関わっておるとは申し上げておらぬが、大殿は聡明なお方ゆえ、こたびの騒動、榎木が関わっておると見当をつけておられよう。しかし、榎木は当家を去った者だ」

「不問に付されるということですか」

「貴船党が何者であれ、本物の香炉さえ戻してくれればそれでよしというのが、大殿のお考えだ」

静かに横川は言った。

花沢は苦々しい顔で横を向いた。

「本来ならわしが榎木の住まいに足を運び、鳳凰の香炉を返すよう交渉すべきところであるが、わしは榎木とは水と油の仲となってしまった。よって、勝手ながら蔵間、行ってくれぬか」

困ったように横川は頼んできた。

「断るわけにはいきませぬな。今回の探索を引き受け、なんら成果を上げておらんのですからな。ただ、榎木殿が貴船党と関わったと決まったわけではござらんゆえ、香炉があるとは限りませんこと、ご承知くだされ」

源之助は受け入れた。

「かたじけない」

横川は笑顔を見せた。

五

楽翁邸を辞去すると、花沢が追いかけて来た。

「蔵間殿、わたしは榎木殿は実に立派な武士であったと思います。その思いは今も変わりません。家宝をくすねたというのも嘘であるとわたしは信じています」

熱っぽい口調で花沢は言った。

「横川殿や白河さまが間違っているとおっしゃるのですね」

「はい」

言い辛そうであるが、花沢は答えた。

「わたしは、榎木殿と言葉を交わしたことはござらんゆえ、信じる、信じぬといわれても判断しかねます。ただ、貴船党を榎木殿が主宰しているということには無理があると存ずる。なぜなら、貴船党は江戸市中の商人からもお宝を奪っておるそうです。本来の貴船党の狙いは白河さまへの復讐であったはず。今の貴船党は目的から大いに逸脱しておりますな。それに、駕籠かきの証言により、貴船党にはどこかの大名家のご家来衆が加わっておるようです。浪人の身でご当家以外の大名家のご家来衆と交わっておるとは考えにくいですな」

「まさしく、おっしゃるとおりです」

大きく花沢はうなずいた。

「ともかく、わたしは榎木殿に会ってまいります」

源之助は急いだ。


神田の榎木の住まいへとやって来た。

狭いながら裏庭を備えた平屋建ての一軒家である。燦燦《さんさん》と降り注ぐ陽光で庭が白く見える。真新しい祠の板葺き屋根に留まった蟬がどこへともなく飛んで行った。

格子戸の前に立ち、さて、どう切り出すべきか。源之助は迷った。相手は相当に筋道を立てて物事を推し量る男のようである。言い方に気をつけねばならない。

炎天下、源之助は思案を続けた。

大地を焦がすような日輪が源之助を襲い、あっという間に汗だくとなってしまった。

すると、

「あの、失礼ですが」

背後から声をかけられた。

振り向くと、娘が立っている。源之助と目が合い、

「失礼ですが、町奉行所の同心さまでしょうか」

不意に問いかけられ、源之助はそうだと答えた。

「ひょっとして、父榎木久次郎をお訪ねでございますか」

問いかけてから女は娘の喜代だと名乗った。この女性が喜代なのかと源之助は見直した。なるほど、きりりとした顔立ちの美人である。生まじめな花沢甚五郎が未練断ち難いのもうなずけた。

「わたしは北町の蔵間と申します」

改めて源之助は挨拶をした。喜代は一瞬おやっという顔になった。

「蔵間さま……ひょっとして蔵間源太郎さまの……」

「倅をご存じなのですか」

意外な思いに駆られながら問い返すと喜代は厳しい顔つきで、

「父をまだお疑いですか」

「あ、いや、それは」

いきなり厳しい顔つきで迫られ源之助はたじろいだ。

「父は盗んでなどおりません」

強い口調で喜代は言った。

「いや、何も頭から疑っておるのではござらん」

源之助は返してから、

「どうして、わたしが榎木殿を盗みの疑いで訪ねて来たことをご存じですか」

すると喜代の顔が険しくなった。

「帰ってください」

喜代は凄い剣幕で言い立てた。

そこへ、格子戸が開き侍が出て来た。

「喜代、騒がしいではないか。声を荒らげるでない」

榎木久次郎のようだ。

それから源之助を見て、

「お話なら承《うけたまわ》ろう」

なるほど、花沢が言う通り筋を通す人柄が伝わってくる。

「失礼致す」

源之助はほっとして、榎木について家に足を踏み入れた。

「このような侘び住まい、むさ苦しいと存ずるが、辛抱願いたい」

榎木は静かに言った。

喜代は隅に控えた。父に無礼な言動は許さないと目を光らせている。

源之助が一礼をすると榎木は言った。

「ご子息にも申した通り、わしは五十両を盗んでなどはおらぬ」

ここに到って源之助は榎木と喜代が大きな誤解をしていることに気づいた。

「いや、わたしが訪ねてまいったのは五十両云々《うんぬん》ではござらん。そもそも町方の役目ではござらん。松平越中守さまの御家中、横川主計さまに依頼されてまいったのです」

源之助が語り終える前に喜代の顔が強張った。榎木は表情を変えることなく、

「横川殿が今頃何用でござるか。ああ、かつて御納戸方であった頃、蔵から宝物が失《な》くなったことがありましたが、そのことを蒸し返しておられるのですかな」

表情を変えることなく、榎木は淡々と問いかけてきた。

「そのことではござらん。鳳凰の香炉をご存じですな」

「むろんのこと。三十年前、大殿が三条錦卿から贈られた名物ですな」

「その香炉、貴船党を称する盗人一味に奪われたのです。手口は白河さまをかどわかし、身代金として鳳凰の香炉を奪ったのです。申しておきますが、白河さまはご無事で御屋敷に戻られました」

「ほう、そのような大事があったのでござるか」

「それで、申し上げにくいのですが、貴船党を主宰するのは榎木殿ではないかと横川さまはお疑いでござる」

「ひどい」

悲痛に顔を歪め、喜代は悔しげに唇を噛んだ。

榎木は言葉を荒らげることはなく、

「言いがかりもはなはだしいですな。ご覧のような貧しき暮らしぶり、他人の物に手をつけることを疑われても致し方ござらんが、断じて貴船党などと申す盗人と関わっておらぬし、鳳凰の香炉を奪ってもおらん」

「わかりました。そのことしかと横川さまに伝えます」

「よしなに」

横川への怒りを表すこともなく榎木は源之助に頼んだ。物証はないが、榎木を信じてもいいような気がした。この男、少なくとも衆を頼んで旧主を拉致《らち》し、三十年前の意趣返しなどと騙るとは思えない。

「先ほど、五十両がどうのこうのと申されましたが……」

「あれもわしのこの暮らしぶりが災いしておると存じます」

榎木は今月の三日に起きた出来事を語った。広田屋の離れ座敷で碁の最中に番頭が集金してきた五十両が紛失した一件である。

「それも、番頭には深く疑われましたが、わしは断じて盗んでなどおらん」

この時ばかりは榎木は強い口調で否定した。

直後、喜代が厳しい顔つきで言った。

「挙句に父上は広田屋の番頭、米吉を殺害したとまで疑われているのです」

米吉殺害の状況を説明した。それから、

「ご子息の北町同心、蔵間さまもわが父をお疑いでございます」

榎木が、

「これ、喜代。源太郎殿は役目柄、わしを探索することは当たり前なのだ。そのことを責めるのは筋違いと申すものだぞ」

「ですが……」

喜代は納得できない様子である。

「そなたはどうも、気性が強くていかん。もう少し、物事を穏やかに応対するのだ」

榎木に諭され、

「わたくしは、我慢がならないのです。父上はいつも筋を通しておられるだけなのに、御家を追われたばかりか、いわれのない盗みや殺しを攻め立てられる、このような理不尽なことはございません。松平家中にあっては皿を盗んだと疑われ、市井に暮らしてからは商人の五十両をかすめ取った……挙句に鳳凰の香炉まで奪ったと……」

喜代は悔し涙を浮かべた。

榎木は困ったものだと小さくため息を吐いた。ここらが潮時だと源之助は、

「話はよくわかりました。やましきことがなくば、これからも泰然自若として対応なされればよい」

「まさしく蔵間殿の申される通りだ。喜代、何も一々、突っかかることはない。真実は一つ、いずれ明らかになるのだ」

それは自分にも言い聞かせているかのようだ。

「わかりました」

いかにも不服そうに喜代は言った。

「ならば、これにて」

源之助は表に出た。喜代が玄関まで見送って来た。

ふと、榎木の妻、すなわち喜代の母、志保の失踪が思い出された。

「卯月一日、お母上がこちらを出て行かれたとか。その後、お母上から連絡はございませんか」

喜代は源之助から視線をそらし、

「娘のわたくしから申すのも何でございますが、母は不埒《ふらち》な女でございました。遊び好きで武家の妻にはあるまじきことに、旅芸人に入れ込んでおったのです。大方、気に入った旅芸人とどこかへ旅立ったのでございましょう。わたくしの中では既に母は亡くなっております。わたくしは母のような女にはなりたくありません」

「悪いことを思い出させてしまい申し訳ござらん」

深く一礼し、源之助は表に出た。

陽炎《かげろう》が立ち上る往来に花沢甚五郎が待っていた。陽炎に揺らめきながら、

「いかがでしたか」

花沢は心配げに問いかけてきた。

「榎木殿はご自分の潔白を言い立てておられた」

「そうでござろう」

「お父上に疑いがかかり、喜代殿は大変なお怒りようでございましたな」

苦笑交じりに源之助は言い添えた。

「喜代殿は大変に気丈なお方ですからな」

花沢は何度か首肯した。

源之助が、

「五十両を盗まれたという疑念もふりかかっておるとの様子ですからな、余計にいらだっておられたようですぞ」

「広田屋の一件ですか」

「さよう。わたしも碁を打ちますが、碁というものは夢中になると、ほかの事が見えなくなるものです。広田屋の主もきっと、どこかに忘れてしまったのではござらんか」

源之助の考えに、

「まさしくその通りでしょう」

迷いもなく花沢も賛同した。

「横川さまも榎木殿への私情が入っているように思えますな」

源之助は言った。

六

米吉殺しの探索が行き詰まるかと危ぶまれたが、花火の夜に喜代と歩いていた若侍が下手人として浮上したことを源太郎は京次に話そうとした。

京次と両国の茶店に入り、

「喜代殿が会っている若い侍が怪しいと思うが、どうだろうな」

源太郎は考えが定まらず、京次に持ちかけた。

「源太郎さん、お喜代さんが若侍に依頼して米吉を殺させたとお考えなんですね」

「喜代殿は榎木が米吉に五十両を盗んだと疑われたことを深く恨んでいた」

「動機はありますね。その若侍とは何者ですか」

「わからん。ずいぶんと親しげな様子であったがな」

花火見物の夜のことを持ち出した。

「とにかくその若い侍を突き止めますか」

京次は言ったが浮かない様子である。

「どうした」

「いえね、やはりね、お喜代さんがそこまでするかなと思いましてね」

「確かに、強引な推量だと思う。しかし、他にこれと言って探索の成果もなしとあれば、喜代殿と若侍の関係を洗おうと思う」

源太郎の考えに、

「わかりました。ただ、やり方を間違えますと、あのお喜代さんのことです。それは大変な抗議をしてくるかもしれませんよ」

京次は注意を促した。

「それは覚悟の上だ」

「なら、調べますか」

京次は引き受けた。


源太郎の意を受けて京次は榎木が住む一軒家を張り込んだ。酷暑をものともせず、京次は榎木の動きを見張り続ける。

格子戸が開き、喜代が姿を現した。喜代は足早に歩き、近くの稲荷に入った。若い侍が待っていた。

「あの侍か」

しめしめと参拝の振りをして、京次は二人の様子を窺った。

「喜代殿、決意をしてくださらぬか」

若侍は言った。

「なりません」

喜代らしいきっぱりとした口調で拒絶をした。

「どうか、再考願いたい」

若侍は懇願した。

「花沢さま、何度申されてもわたくしのお答えは変わりません」

喜代は言うと、稲荷を出て行った。花沢と呼ばれた侍はそれを名残惜《なごり》しそうに見送った。

京次は花沢の後を追うことにした。

花沢はしばらく稲荷でたたずんでいたが、やがて気持ちを切り替えるように息を吐くと、鳥居を出た。

花沢は榎木が住む長屋へと向かっている。京次も稲荷を出た。

京次が花沢を尾行して榎木が住む一軒家に戻ると、

「おや、蔵間の旦那……」

格子戸の前で源之助が喜代に食ってかかられている。聞くともなく耳に入ってくるやり取りといっても、喜代が一方的にまくし立てているのだが、榎木に疑いがかかっている広田屋での五十両紛失の一件について榎木の濡れ衣を言い立てているのだ。どうして源之助が五十両盗難を調べているのだろうか。

京次はいぶかしんだ。

すると、榎木が出て来た。榎木は喜代をたしなめ、源之助を伴って自宅へと向かった。

「事件あるところ、蔵間源之助ありってことか」

京次は首を捻った。

四半時と経たず、源之助は出て来た。京次が近寄ろうとするとそれよりも早く花沢が源之助に向かった。

二人はしばらくやり取りをした。源之助が花沢を見知っている様子にも驚きである。

源之助が花沢を見知っているのなら、源之助に確かめればいい。

花沢が別れて源之助一人となったところで京次が歩み寄った。

「なんだ、京次か」

源之助は驚く風も見せなかった。

源之助は京次が近づいて来るのを見て、榎木の広田屋における五十両盗難の一件を探索しているのだろうと見当をつけた。

「張り込みか」

源之助が問いかけると、

「そういうこって。蔵間さま、榎木って浪人に会いにいらしたんですね」

「おまえは、榎木が五十両を盗んだ疑いを抱いておるんだな」

「まあ、そんなことで。それで、一人、疑わしいお侍がいましてね。いや、これは五十両盗難ではなくて、米吉殺しなんですがね」

京次は言った。

「ほう、そうか」

興味を源之助は覚えた。

「今、蔵間さまが話をしておられた花沢ってお侍ですよ」

「ほう、花沢殿をな」

源之助は京次を見返した。

「花沢ってお侍、何者なんですか」

「松平越中守さまのご家来、榎木殿の部下であった」

源之助は言った。

「喜代さまとの関係は」

「夫婦約束をしておったそうだ」

「なるほど、そういうことですか」

「喜代殿が花沢殿に米吉殺しを依頼したのだと考えているのか」

「ええ、まあ」

「それは源太郎の考えでもあるな」

源之助は確認した。

「そういうこってす」

京次は認めた。

「米吉殺しの探索、どうやら難航しておるようだな」

「お見通しですね」

「それくらいの見当はつく。しかし、それはどうも強引に過ぎると思うがな」

「そうですかね。あっしは、妥当だと思うんですがね」

「ならば、五十両盗難は誰の仕業《しわざ》だと思う。榎木殿が盗んだのだと思うか」

「ええ、なんだかんだ言っても、榎木さまの仕業と考えるのが妥当だと思いますね。だって、広田屋のご主人が盗む必要はないんですからね。となりますと、あと、残っていたのは榎木さましかいねえんですからね。やはり、榎木さんの仕業ってことじゃないですか」

京次の考えに源之助は首を捻った。

「蔵間さまは、違うってお考えですか」

「違うかどうかはわからない、しかし、榎木殿と決めていいのか、わたしはどうもそれがひっかかるな」

「何が引っかかるんですか」

「もう一度、現場を見た方がよいと思う」

源之助は言った。

「そうですね、なら、それを源太郎さんにも提案をしてみますよ」

「それは確かにやれ」

珍しく源之助は言った。

「わかりました。必ず」

京次は請け負った。

「ということは、五十両を盗んだ下手人と米吉殺しの下手人は別に考えて探索を行わなければならんということだ」

「そういうことですね。ですから、お喜代さんは父の名誉を汚されてそのことに腹を立て、米吉を自分に惚れている花沢に殺させたっていうのは、十分に考えられると思うんですがね」

京次は自信を示した。

「わかった。ならば、花沢殿を調べるがよい」

「ですが、ご存じのように、大名家の家臣は市井で事件を起こした現場に居合わせない限り、町方が話を聞くことはできません」

「要するにわたしに話を聞けということだな」

源之助はにんまりとした。

「お願い致します」

京次は頭を下げた。

「よかろう。ただし、花沢殿に惚けられたら、それ以上、踏み込むことはできない。そなたら、喜代に話を聞き、疑わしいのなら、きちんとそれを明らかにするのだ。それにはな、喜代に心を開かせねばならん」

「わかりました。それには、五十両の盗難を明らかにすることですね。榎木さんが盗んだのか、他に下手人がいるのかを明らかにします。お喜代さんも納得がいくような形にします」

「そういうことだ。源太郎にしっかりとやれと言ってやれ」

強い口調となって源之助は念押しをした。

「承知しました」

京次はぺこりと頭を下げた。

第三章　失念の布石

一

十三日の昼、源太郎は京次から源之助と会ったことの報告を受けた。

「なるほど、まず、五十両の盗難を解決しなければいかんな。まさしくその通りだ」

源太郎は納得して広田屋にやって来た。

貫太郎が、

「あの、こんなことを申し上げるのは失礼かとは思いますが、五十両紛失の一件は探索していただかなくともよろしいと申し上げたはずでございますが」

と、不満そうに源太郎を見た。

「それは聞いた。しかしな、この紛失に関連して殺しが起きたのだ」

源太郎が返すと、

「あの、米吉はまこと五十両に関係して殺されたのでございますか。だとしましたら、榎木さまが疑わしいということになりますが、まさか、榎木さまが五十両を盗んだ上に米吉を殺したなど、手前には到底、考えられることではありません。お役人さまも会われたでしょうが、まこと人格高潔、武士の鑑《かがみ》のようなお方でございます。五十両を盗んだ上に丸腰の米吉を斬るなど……戦国の世の野伏せりのような所業をなさるはずはございません」

顔を真っ赤にし、口角泡を飛ばさんばかりに貫太郎は言い立てた。

貫太郎の剣幕に源太郎は辟易《へきえき》とした。

源太郎に代わって京次が、

「広田屋さん、その榎木さまの米吉殺しの濡れ衣を晴らすために五十両の紛失をはっきりさせなきゃいけないんですよ、米吉殺しで榎木さまが疑われる理由は五十両の紛失にあるんですからね。五十両の紛失に榎木さまが関係してないとわかれば、殺す動機もないということですよ」

嚙んで含めるようにして言った。

京次に諭《さと》され、気を落ち着かせたようで、

「そういうことですか」

納得したように貫太郎は言った。

「それでは、当日のことをよく思い出してくださいよ」

京次が言うと、

「そうですな。もう、お話しすることはない……あ、いや、いけませんな。ちゃんと、思い出さないと」

あれこれと思案を始めた。

源太郎が、

「そうだ、碁盤を」

と、座敷の隅にある碁盤を見た。

「そうですね。五十両紛失があった晩を再現しますか」

京次が碁盤を持って来て貫太郎の前に置いた。

「なるほど、碁を打ちながらの方が当日のことを思い出すことができますな」

碁盤に貫太郎は碁石を並べ始めた。貫太郎は黒石、榎木は白石であったそうだ。

「腕は同じようでしたから、いい勝負であったと思います」

貫太郎は碁盤を睨んだ。

源太郎が、

「碁を打ち始めたのは何時頃《なんどき》だ」

「五つの鐘の音と共にでしたな」

「米吉が五十両を持って来たのは何時ごろだった」

「それから半時ほどしてからだったと思います」

「米吉が持って来た時の様子を訊かせてくれ」

「どうでしたかな。何しろ、碁にのめり込み始めたところですからな……ろくに米吉とやり取りをしていなかったのでは」

源太郎が、

「京次、米吉をやってみろ。わたしは榎木殿の役割を演ずる」

と、碁盤を挟んで貫太郎と向かい合った。

「米吉はどんな風に五十両を持って来たんですかね」

京次は濡れ縁に出た。

「そこから、失礼しますと、声をかけてきました。わたしは、碁に夢中でしたから、横目で見ただけで生返事をしたと記憶しております」

「それで、米吉はどうしました」

京次が問いかける。

「あいつは、わたしが生返事をしたものですから、むきになったようでもう一度声をかけてきました。ちょっと、こちらへ出て来てください、などと呼びかけてきたんです」

貫太郎の言葉を受けて源太郎は京次に目で促した。京次は軽くうなずき、

「旦那さま、こちらへおいでください、と、こんな感じですか」

「ええ、そうだったと思います。しかし、わたしは席から立つことを億劫《おっくう》に思ったんです。大事な局面を迎えておりましたんでね。それと」

ここで貫太郎は言葉を詰まらせた。

「それと……」

源太郎は話の続きを促す。

「あの日、米吉はいつにも増してわたしに対して厳しかったんです。ちらっと米吉を見ました。勝負の邪魔をするなと剣呑《けんのん》な目を向けたつもりです」

言葉通り、貫太郎は京次に視線を送った。それは温和な商人とは思えない、双眸に憎憎しげな炎が立ち上っていた。京次もたじろぐような強い眼差しである。

「わたしはそれで、米吉が遠慮すると思ったんです。ところが米吉ときたら、去ると

ころかわたしの傍《かたわ》らまで入って来たんです」

貫太郎の言葉を受けて京次は座敷に入り、貫太郎のそばに座った。

「今度は強い口調で、旦那さま！　と叱りつけるようにわたしのことを呼び、あろうことか榎木さまを睨んだんです」

京次は源太郎を睨んだ。

「わたしは、怒りと恥辱で顔が真っ赤になりました。すると、榎木さまは米吉の陰険な態度に腹を立てられたのか、いや、あの方のことですからきっと気を使われたのでございましょう。さっと、小用に立たれたんです」

源太郎は立ち上がり、座敷から出た。

貫太郎は当時の情景がまざまざと蘇《よみがえ》ったようだ。表情を引き攣《つ》らせ、

「わたしは米吉を叱りました。榎木さまに無礼じゃないか、と言ったことを覚えております」

貫太郎は京次を怒鳴ろうとしたが、そこまですることはないと言葉を引っ込めた。

「すると、米吉はわたしを睨み、貫太郎、と名前で呼びました。かつて、小僧として奉公に上がった時に、厳しく、優しく、面倒を見てくれた時の米吉兄さんの姿が蘇りました」

米吉は碁にうつつを抜かすのも大概にしろと説教を始めた。

「わたしは、碁は商いの時以外にやっていると言いましたが、大店の主人というものは、ひねもす商いの心得を持たないといけない。それこそ、飯を食べている時も湯に入っている時も寝ている時も、二六時中、商いのことを忘れてはいけないと、小言《こごと》を並べました。今は趣味の範囲であっても、いずれ道楽に陥《おちい》る。程ほどにするなどできるはずがない、などと小言を並べましたよ」

貫太郎は苦笑を漏らした。

京次が、

「米吉、どうしてそこまで旦那に厳しいんですかね。普段もそんな感じなんですか」

「いや、普段は手前のことを立ててくれていました。奉公人たちの前では、旦那さまのお蔭で今月も商いがうまくいった、などと持ち上げてくれましたよ。言いにくいこともわたしに代わって言ってくれていました。いわば、嫌われ役も買って出てくれていました。それが、囲碁のこととなると、どうしてあんなに口うるさくなるんだって不思議なくらいでした」

「囲碁に恨みがあったんですかね」

「いや、そんなことはないと思います。米吉はどちらかというと将棋の方が好きでしたが囲碁もたまにですが打っていました。将棋の場合、王を守るのが自分の役目などと申しておりましたな」

貫太郎はここでこみ上げるものがあったようで、ぐっと咽喉を詰まらせた。

「では、どうして、碁のことを嫌ったのだ」

源太郎が濡れ縁から声をかけてきた。

「そこがよくわからないんですよ」

貫太郎は首を捻った。

ここで京次が、

「あっしの邪推ですがね、米吉は碁というよりも、榎木さまに対して不愉快な思いを抱いておられたんじゃありませんか」

思い当たることがあるようで貫太郎は二度、三度首を縦に振ってから、

「確かに、米吉は榎木さまがうちにいらっしゃることを喜ばなかったですね。浪人が出入りすることへの不安と申しましょうか、何か金品欲しさという卑しい根性でやって来るとうろんなものを見るような思いだったんだろうと想像します。しかし、榎木さまは、それは人格高潔、金品に関わる事は一言もおっしゃいませんでした」

貫太郎は強調した。

「あっしは、そうは思わないんですよ。いいですか、米吉はですね、榎木さまに嫉妬をしていたんだと思いますよ」

「嫉妬」

貫太郎は首を捻り、

「どういうことだ」

源太郎は思わず座敷に入って来た。

「男の嫉妬、始末に終えませんよ。誤解しないでくださいよ。米吉は旦那に男色のような好意を抱いているってわけじゃねえんです。小僧の時から親しくしてきた、旦那を榎木さまに取られるような気になったんじゃありませんかね」

「まさか」

貫太郎は苦笑を漏らした。

しかし源太郎は、

「そうかもしれんな。米吉にしてみたら、突如として二人の間にとんでもない邪魔者が入ってきた。商いを通じて築かれた強固な絆が、榎木と碁によって断ち切られてしまう、そんな危機感を抱いたのかもしれん」

「あっしもそう思うんですよ」

「米吉の奴、そんなことを……馬鹿な奴だ。わたしがどれだけ米吉を頼りにしていたか、信頼していたか……わかってるはずじゃなかったのかい」

貫太郎は唇を噛んだ。

源太郎が、

「それで、それからどうした」

「それから、米吉は集金してきた五十両を渡してきました」

京次が手拭を五十両に見立てて貫太郎に手渡した。

二

「それから、その後、米吉はうるさく言わなかったか」

源太郎が問いを重ねる。

「米吉は五十両、帳場に持って行けと言いました。わたしは勝負が終わったら、持って行くと答えました。すると、あいつはこんな所に置いておいては榎木さまに取られるなどと申しました。わたしは堪忍袋《かんにんぶくろ》の緒が切れ、米吉に出て行けと怒鳴りました」

米吉は出て行ったそうだ。

そこへ、榎木が戻って来た。

「勝負を再開しましたが、わたしは何しろ、米吉への腹が立って、自分の気持ちを抑えることができませんでした。米吉が出て行ってからのことはよく覚えておりません」

貫太郎はその局面、気持ちの乱れから勝負にはならなかった。崩れてしまい、もう一勝負、

「負けも負けでした。それで、わたしは納まりがつかなくなりまして、もう一番と、結局、宵《よい》五つまで続けましたな」

榎木は帰り、貫太郎は寝所に戻った。

「すっかり、五十両のことなど忘れてしまったんです」

明くる日の昼、店で米吉から五十両のことを確かめられるまですっかり忘れていたそうだ。

「慌てて、離れ座敷に戻りました。しかし」

五十両はなかった。

米吉は離れ座敷に追いかけて来て、五十両が紛失していたことを知り、

「あいつは烈火の如く怒った。だから、碁になどうつつを抜かすなと言ったじゃないかと、それはもう、ゆで蛸《だこ》のようになって怒りましたよ。もう、碁は打つな、榎木さ

まを出入りさせるなって。それで、五十両を奪ったのはきっと、榎木さまだって言いました」

　米吉の怒る様子が目に浮かんでくる。

「実際、榎木殿が五十両を盗む機会はあったのか。つまり、この座敷に一人になった事はあったのか」

「そうですな。一度、わたしが厠《かわや》に立ったことがありましたが、その時、榎木さまはお一人でしたが何度も申しますように榎木さまは五十両を盗むなどとは絶対に……ああ、そうです、間違いありません」

　いいことを思い出したのか貫太郎は頰を綻《ほころ》ばせた。

「思い出しましたよ。帰り際でした。榎木さまは、夜風に当たろうと、お着物の襟をぱたぱたと開いたり閉じたりを繰り返されたのです。その時、もし、五十両ものお金が入っているのなら、そこで覗いたはずなのです」

　貫太郎が言うと、

「袖はどうでしたかね」

　京次は自分の着物の袖をひらひらとさせた。

「財布はあったでしょうが。少なくとも五十両なんて入っていませんでした」

貫太郎は言いきった。

「すると、他に誰かがここに入って五十両を盗んだってことになりますよね。それこそ、盗人が入って来たということかもしれませんぜ」

京次が言うと、

「いや、それはないだろう。ここに五十両があることなど、盗人は知らない。盗人なら、蔵を破るぞ」

「もっともですね。するってえと、ここに五十両があると知っていたのは旦那と榎木さまだけ、あえて言うと米吉ってことになりますね」

貫太郎はうなずく。

京次は手を打ち、

「米吉ってことは考えられませんかね」

貫太郎は、

「まさか」

と、失笑を漏らした。

「どうして、米吉が五十両を盗むのだ」

源太郎が聞くと、

「榎木さまの仕業だと思わせ、二度と出入りさせないようにってことだったんでは」

京次の考えに、

「そこまで米吉が榎木さまを恨んでいたとは」

貫太郎は困惑した。

「考えられませんかね」

京次が言うと、

「いや、それは考えられんだろう。米吉は一度ならず二度も三度も榎木殿の家を訪ねておる。しかも、金を返すよう要求している。自分が盗んだのなら、そこまではするまい」

源太郎は否定した。

「それもそうですね」

京次は引っ込んだ。

すると、貫太郎はなにやら独り事をぶつくさと言い始めた。

「どうなさいました」

京次が聞くと、

「あ、そうだ！」

ひときわ大きな声を貫太郎は発した。

「どうしました」

京次が問いを重ねた。

「思い出したんですよ。米吉から五十両を受け取ってから、あいつを追い出し、わたしはむしゃくしゃしながら五十両を掛け額の裏に入れたんです」

貫太郎は立ち上がって額の下に立った。

「千客万来」と大書された額は鴨居に金具で留められ、紐で吊るしてある。紐は廻り縁の金具に引っ掛けてあった。

「ここですよ」

額と土壁の隙間の手を伸ばし、貫太郎はごそごそとやっていたが、

「あれ」

と、呟くと碁盤を両手で抱え額の下に運んだ。次いで碁石を取り除き、碁盤に両足を乗せて額と土壁の隙間を覗き込んだ。

食い入るようにして見ていたが、

「ない……」

次いで、やっぱりないかと首を捻りながら碁盤を降りた。

「五十両、額の隙間に入れたんじゃなかったんですね」

京次が問いかけると、

「入れたつもりだったんですがね」

貫太郎はがっくりとうなだれた。

「勘違いのようでしたよ」

貫太郎は力なく言葉を添えた。

「話は振り出しに戻ったということですか」

京次が言うと、

「いや、違うと思う」

源太郎は言った。

「どういうことですか」

京次の問いかけに、

「そこまではっきりと覚えておるのだ。よもや、勘違いや記憶違いではあるまい。広田屋は間違いなく五十両をそこに置いたんだ。そして、そのことは厠に立っていた榎木殿は見ていない。米吉も知らない」

源太郎は整理するように言った。

「でも、五十両はなくなっていますぜ。貫太郎旦那と榎木さまがここからいなくなってから、誰かが盗んだってことなら、真っ暗な中、こんな掛け軸の隙間なんかに入った五十両なんて見つけられませんよ」

京次の言葉に源太郎と貫太郎はうなずいた。

「しかし、昼間ならわかるはずだ」

源太郎の言葉に、

「昼間っていいますと」

京次が問いかけると、

「昼間、ここに出入りした者がいるのではないか」

「ここにといいますと」

貫太郎は思案の後、

「掃除をさせていますけどね」

「女中だな」

「そうです。お民といいます」

「ああ、この前、話を聞いた女中さんだ」

「お民は毎日、ここの掃除を任せているんですよ」

「番頭さんが口うるさくて、塵《ちり》や埃《ほこり》を残すことなく、掃除しろって、そりゃもう、うるさく言われたって」

京次はお民の言葉を思い出した。

「だとしたら、額の裏側も丁寧にはたきを掛けただろうな」

源太郎の言葉に、

「お民が」

貫太郎は絶句し、京次もうなずいた。

「広田屋、お民を呼んでくれ」

源太郎に言われ、貫太郎は離れ座敷を出た。

程なくしてお民がやって来た。

「こないだはすまなかったな」

京次が問いかけた。

「は、はい」

お民はおどおどとしている。

「五十両なんだがな、五十両が失くなったって日の朝、お民さん、ここを掃除したよな」

「ええ」

「番頭さんから座敷の隅々まできれいに掃除しろって、口うるさく言われていたんだろう」

お民は返事をしない。

「それこそ隅々まで。たとえば、掛け軸の裏側にもはたきを掛けたよね」

「ええ、まあ」

「その時、五十両が入った袱紗《ふくさ》包みを見なかったかい」

京次はあくまで優しく問いかけた。

お民はしばらく考え込んだ後、

「申し訳ございません」

お民は両手をついた。

「正直に、話してくれるね」

京次に言われ、お民は声を詰まらせて告白を始めた。

出来心だった。

お民は暮らしに困っていた。父親は病気がちで母親も寝込んでしまった。薬代もままならず、つい、出来心で目の前の五十両を奪ってしまった。

「ほんとにいけないことなんですが、番頭さんが旦那さまに榎木さまが五十両を盗んだとおっしゃっているのを聞きまして、つい、わたしは疑われないいんじゃないかって」

　お民はがっくりとうなだれた。

三

　うだるような暑さの中、源之助が居眠り番に出仕すると矢作兵庫助が訪ねて来た。

「親父殿、暑いな」

　扇子《せんす》を激しく扇《あお》ぎながら矢作はどっかと源之助の前に座った。

「おまえを見ていると、余計に暑くなるぞ」

　鼻じらんで言う。

「ご挨拶だな。義理の息子だぞ。もっと、労《いたわ》って欲しいもんだ」

　がははと矢作は笑った。

「何か厄介事か」

源之助が問いかけると、

「おれがやってくるのが厄介なのだろう」

「ま、そんなところだ。で、どんな厄介事を持ち込んできたのだ」

「親父殿は白河楽翁さまと懇意にしているだろう」

「親しくということはない。影御用をいくつか依頼されたことがあるだけだ」

「それで十分だ。楽翁さまの御屋敷に出入りがしたいんだよ」

「そらまた、どういう次第だ」

「貴船党を知っているだろう」

貴船党の名前が出て源之助はぎくりとした。

「おまえ、貴船党を追っておるのか」

「その口ぶりだと親父殿も関わっておるようだな」

矢作はにんまりとした。

「おまえは、何故貴船党の探索を行っているのだ」

「与力宇田川清兵衛さまからの密命だ。親父殿の耳にならいれていいようから申すが、貴船党は都のお公家さん、三条錦大納言さまの落とし種が頭目ってことだ。三条錦大納言さまは三十年前、お父上である閑院宮さまへ上皇号を贈りたいという天子さまのご要望で白河楽翁さまと折衝された。白河楽翁さまは皇位にお就きになっていない宮さまを上皇にするわけにはいかないと断固拒絶。強硬に上皇号を贈るべきだと主張した三条錦大納言さまを剃髪の上、官位を剥奪なさった。落とし種が貴船党を率いて白河楽翁さまに意趣返しを企てた、ということになっているが」

矢作は言葉を止めた。

「それは表立った事、真実は貴船党とは三条錦大納言さまの復讐を騙《かた》った盗賊一味ということだな」

「やぱり、親父殿だ。ちゃんとわかっているじゃないか」

「そんな世辞はいい。それで、おまえ、貴船党の探索を行ったのか」

「ああ、宇田川さまの密命でな。宇田川さまは、松平家の側用人、横川主計さまから探索を手控えるよう釘を刺されたそうなんだが、それがかえって若き熱血漢の与力さまの気持ちを逆撫でにしたってわけだ。で、探索をしているうちに、妙な女と知り合ったんだ。その女、どうした事情かはわからんが貴船党に潜《もぐ》り込んでいるんだ」

矢作は女と遭遇した経緯を語り、

「おれはその女の案内で海辺新田にある海辺稲荷に行ったんだ。そこではな、貴船党が手に入れたお宝の競りが行われていた。いずれも高額な値で競り落とされたよ。それで、競りに参加した商人から競りを仕切っていた骨董屋を知った。骨董屋は布袋屋木兵衛という男だった」

「その骨董屋、貴船党の手先なんだな」

「そう思ったが、本人は惚《とぼ》けている。ところがだ、運良く、おれが布袋屋を訪れた時、一人の侍がやって来た。侍は競りの値を確かめおった」

「ほう、それで」

源之助も俄然、興味を抱いた。

「おれは侍を尾行したんだ。するとどうだ。侍は妙な女と接触した後、築地の楽翁邸に入って行くじゃないか。貴船党は松平家のご家来だったたってわけだ。獅子身中の虫だな……あ、待てよ。真鶴屋の帰り道、誰かにつけられている気がしたが、あれは朱美だったのかもしれんな」

得心したように矢作は顎を搔いた。

「なるほど、それは面白いな。実はな、白河さまは貴船党を騙る者、家中にいるのではと考えておられるのだ」

「そうか、ならばいいよ、行かねばならんな。親父殿、一緒に楽翁さまの御屋敷まで行ってくれよ。どうせ、暇だろう」

「どうせ暇は余計だがな。ま、いいだろう」

「それで、親父殿は何か手がかりを摑んだのか」

「それが、少々、込み入ったことに突き当たった」

源之助は御納戸役の不正行為について話した。

「それは少々、込み入っているな。すると、その榎木久次郎という浪人が怪しいということか」

「そのような疑いがあるのだが、わたしは榎木が貴船党の頭目ではないと思う。榎木という男、そのような邪悪なことに加担するとは思えない」

「親父殿の見立てならば間違いあるまい」

矢作は言った。

「すると、振り出しに戻ったということだ。貴船党、おまえが追いかけている者たちだとすれば、連中は家宝を奪い、高値で売りさばくことを目的とした盗賊一味ということになる。松平定信さまへの復讐云々《うんぬん》などは隠れ蓑に過ぎないということだ」

「そういうことになるが、そうだとしても松平越中守家が関わっているということだな」

「そうだな」

源之助が答えたところで、

「父上、失礼致します」

と、源太郎が入って来た。

「おお、達者そうだな」

矢作が挨拶をする。

源太郎は一礼をしてから源之助と矢作の前に座った。

「榎木久次郎の五十両盗難の濡れ衣は晴れました」

源太郎は広田屋での五十両盗難が女中、お民の仕業であったことを報告した。

「でかした」

源之助に賛辞を送られたが源太郎は喜ぶどころか反省の色を浮かべ、

「やはり、原点に戻ってみるべきでした」

「しかし、米吉の殺された理由が五十両絡みであることは晴れないわけだな。つまり、喜代ないし、榎木は米吉を殺《あや》める理由があるということだ。米吉は五十両を盗んだのが榎木であると信じていた。一方、榎木にしてみたら濡れ衣。しかも、武士の誇りを傷つけるものだ。武士の矜持を誇る榎木にとっては大きな理由となる」

源之助の考えに源太郎は首肯した。

「それも、花沢殿が関与しているかどうかだな」

源之助が言うと、

「親父殿、やはり、楽翁邸に行かなければならんぞ」

矢作が勢い込んだ。

「わたしも行きたいのですが、ここは父上にお任せしたいと思います」

源太郎は頭を下げた。

「なんだか、様々なことが一本の糸に繋がってきたな」

矢作はうれしそうに舌舐《なめず》りをした。


源之助と矢作は築地の楽翁邸へとやって来た。

番士に横川への取次ぎを求め、番小屋で源之助と矢作は横川を待ち受けた。横川は花沢を伴ってやって来た。源之助は矢作を紹介した。横川と花沢は会釈を送ってきた。矢作がそっと源之助の膝を叩いた。横目でちらっと見ると矢作は横川に視線を向け、にやりと笑った。矢作が尾行し、楽翁邸に入った武士だと言いたいようだ。

「まず、わたしから報告があります」

榎木訪問を源之助が切り出すと、

「榎木、頑固な男であっただろう」

横川は顔を歪めた。

「榎木殿のこと、実は三つの疑いがかかっております」

源之助の言葉に横川と花沢はこくりとうなずく。

「話がややこしくなりますが、まず榎木殿に疑いがかかったのは鼈甲問屋広田屋の集金金額五十両盗難とそれに付随する広田屋番頭米吉斬殺、そして、貴船党を騙り、御当家の鳳凰の香炉を奪った一件でござる」

ここで源之助は一旦、言葉を区切った。

横川と花沢はわかったというようにうなずいた。

「五十両盗難の一件ですが、これは榎木の濡れ衣が晴れました」

かいつまんで源之助は五十両盗難の顚末《てんまつ》を語った。

花沢が、

「やはり、榎木殿は無実でござったか。いや、まさしく、わたしも喜代殿も信じておったことです」

どんなものだと花沢は横川を見た。横川は、

「そなた、まだ喜代殿に未練があるのか」

皮肉たっぷりに返した。

「喜代殿は関わりございません。わたしが申したいのは榎木殿は五十両を盗んでいなかったということです。よろしいですか、横川殿。よくおわかりになられましたか」

「わかった、わかった」

横川はうっとうしそうに顔を歪めた。

「次に米吉殺しですが、この疑いはまだ晴れておりません」

源之助は丁寧に言い添えた。

横川が我が意を得たりとばかりに、

「榎木なら斬るのではないか。何しろ、武士の矜持ということに拘《こだわ》る男であるからな。盗人呼ばわりされ、そのまま捨て置くとは思えん。濡れ衣であったのなら尚更ではないか」

「花沢殿、米吉殺しについていかに思われますか」

源之助は花沢に問いかけた。

「少なくとも榎木殿ではないと思います」

「その根拠は、榎木殿のお人柄ですか」

「さよう……」

花沢の言葉は曖昧に濁った。

源之助は背筋を伸ばし、大きく空咳をすると花沢に向き直った。

「まどろこしい話はやめましょう。花沢殿、喜代殿から米吉の榎木殿への無礼を嘆かれませんでしたか。そして、花沢殿も米吉が許せなくなった」

「まさか、蔵間殿は拙者が米吉を斬ったとお考えか」

「疑っております」

躊躇《ためら》いもなく答えた。

「確かに喜代殿から米吉の無礼は聞きました。一方的に五十両盗難と難癖をつけられてひどい男だと喜代殿はお怒りでござった。しかし、だからといって、拙者に米吉を斬れなどとは決して申されませんでしたぞ」

花沢は言った。

「では、花沢殿が喜代殿、榎木殿のために米吉を殺《あや》めたということはありませんか。つまり、あくまでご自身の意思で米吉を斬ったということです」

「滅相もないことですな」

花沢は言下に否定した。

「しかと間違いありませんな」

「武士に二言《にごん》はござらん」

目と言葉に花沢は力を込めた。

すると横川が薄笑いを浮かべ、

「情けなき奴め。松平家の恥じゃな。御家を出奔《しゅっぽん》した者の娘に未だ未練を抱き、その娘の口車に乗って人を斬るなど」

「ですから、米吉を斬ってなどおりません」

花沢は声を荒らげた。

源之助はここで、

「まずは、榎木殿に関わる疑惑について報告を申した。次に、榎木殿の疑惑、貴船党に関することですが、このことにつき、わたしは榎木殿本人に確かめましたところ、本人は否定されました」

「これは、腕利きと評判の蔵間とは思えんな。疑わしい本人におまえは疑惑の事をしでかしたのかと問いただし、はい、やりましたと答える者などおるいまい。怪しき者の行いを聞き込み、容疑を十分に固め、動かぬ証《あかし》を手にして追い詰めるのが八丁堀同心のやり方なのではないのか」

横川は源之助を責め立てた。

「まさしくその通りですな」

「ならば、何故、それをしなかった。また、当人の否認だけで、疑いを解いたのだ」

「榎木殿に関しましては、榎木殿自身が証になると判断したのです」

「どういうことじゃ」

「人格高潔、融通の利かない頑固者、そのことを攻め立てればよいと判断いたしました」

「甘いな」

「ということは、横川さまの見立ても甘いということになりますぞ」

「屁理屈じゃ」

横川は顔を横に向けた。

四

「屁理屈かもしれませんが、わたしは榎木殿が貴船党の党首ではないと思いました」

源之助が言うと、

「だから、そんな勘だの印象だので決めていいのか、と、申しておる」

横川は激高した。

花沢も驚くような横川の取り乱しようである。

「では、申します。白河さまがかどわかされた夕暮れから夜半、榎木殿は広田屋の離れ座敷で主人の貫太郎と碁を打っておりました」

源之助はさりげない様子で言った。

横川の目が尖《とが》った。

「それなら、何故、そのことを言わない。はなから、そのことを明らかにすれば、わしの誤解も解かれたんだ」

「これは失礼しました。それにしましても、横川さまのお怒りぶり、尋常ではございませんでした。是が非にでも、榎木殿を貴船党の党首にさせたいとしか思えません」

源之助は横川を睨んだ。

「そ、それは、大殿もそのように」

「それはおかしいですな。白河さまは目隠しされて、一切、貴船党の連中とは接触しなかったのですぞ」

「それは」

横川が口ごもったところで、

「横川殿、正直に話してください」

花沢が言い、

「見かけたんですよ」

矢作が口を挟んだ。

「なんだと」

強がるように横川は言い返す。

「あなたと女、朱美という女が一緒に歩いているところ。そして、骨董屋布袋屋に横川さまが出入りをなさっているところをね」

「馬鹿な」

「馬鹿なじゃありませんよ」

矢作は強い口調で言った。

「な、なんだ」

「惚けたって駄目ですよ。なんなら、布袋屋木兵衛の証言を取ってもいいんですよ」

矢作は迫る。

すると横川は、

「それには及ばぬ」

と、表情を落ち着かせた。

源之助が、

「お認めになるのですな。横川さまが貴船党に関わっておられると」

「認める」

吹っ切れたのか横川は穏やかな顔となった。

「横川さま、なんということをなさったのですか」

花沢は天を仰いで絶句した。

「仕方あるまい」

横川は言った。

責め立てようとする花沢を制し矢作が、

「女は何者ですか」

「さて、誰であったかな」

この期に及んで尚も惚ける横川に、

「お由美ではないですか」

焦れたように源之助が迫った。

「蔵間を誤魔化すことはできんな」

横川は軽くため息を吐いた。

「お由美というのは……」

矢作が源之助に尋ねた。

「貴船党が身代金代わりに要求した鳳凰の香炉を運んだ奥女中だ」

源之助は答えた。

花沢が、

「ここに、連れて来ましょうか」

「そうだな」

横川の了解を受け、花沢は番小屋を出た。

お由美が来るまでの間に、

「横川さま、どうして貴船党などというぃかがわしい企てをしたのですか」

「それは、察しがつくだろう。当家の財政難だ」

横川は言った。

「つまり、鳳凰の香炉で財政難を補填するために貴船党なる一味を騙ったとおっしゃるのですな」

源之助の言葉に横川はうなずき、

「よって、大殿には一切の傷を負わせることはなかった。大殿は麻布《あざぶ》の中屋敷にお運び申したのだ。周囲はわが手の者で固め、大殿の御身には細心の注意を払った」

「なるほど、白河さまが貴船党の者に雅《みやび》さを感じなかったと申されたのも無理はありませんな。それはともかく、商家から家宝を奪ったのも財政難を補塡させるためであったということですか。以前お聞きしたところでは家宝を売ることに反対なさったとか」

「背に腹は変えられなくなったということだ。そして意外なことに香炉は最初から贋物だった。三条錦大納言は贋物を贈ってまいったのだ。従ってお由美に持たせた香炉は贋物というわけだ。本物と申したのは贋物を本物として家宝にしていたことを知られたくなかったからじゃ」

　横川は苦々しげに舌打ちをした。

　矢作が、

「馬鹿に芝居がかった企てをしたもんですね。なんでそんな、面倒なことを」

「それはいいではないか。わたしが、貴船党を主宰したと認めておるのだ。これから先は失礼ながら町方の吟味は受けぬ。当家にて裁きを受けるのだ。なに、心配致すな。わしは自分の罪から逃れようなどとは思わぬ。町方で蒙《こうむ》った被害は当家が責任を持って弁済する。その上で、いかなる処分も受ける」

覚悟を決め、横川は言った。

矢作は源之助を見た。源之助にどうするかの判断を委《ゆだ》ねておるようだ。

「白河さまにお目通りを願いたいと存じます」

源之助の問いかけに、

「よかろう。大殿がそなたに貴船党の探索を依頼なさったのだからな」

「お願い致す」

源之助は頭を下げた。

横川は出て行った。

「親父殿、なんだかあっさりと解決してしまったな」

「物足りないのか」

「いささかな。横川って御仁をお縄にはできないものな」

「それはそうだ」

「しかし、ちゃんと罪を償うのだろうかな」

矢作は言った。

「いくらなんでも、罪を逃れるようなことはするまいよ」

源之助が言ったところで花沢が戻って来た。

「お由美、どこかへ出て行き、屋敷内にはおりません」

花沢の報告に、

「逃げたか」

矢作は悔しげに唇を噛んだ。

「当家で責任を持ちまして行方を追います」

花沢は言った。

そこへ、横川が戻って来た。

「大殿がお会いになる」

横川は告げた。

「お由美の姿が見えません」

花沢が報告すると横川は困ったように渋面《じゅうめん》を作り、

「お由美には暇を出した。これ以上香炉と関わらぬようにな」

と告白した。

定信は源之助と矢作の謁見を受けた。さすがの矢作も定信の前に出ると恐縮の態《てい》となった。

「横川より聞いた。今回はそなたらを煩《わずら》わせてしまったな。まったく、当家の恥をさらしたようなものじゃ」

定信は悔しげに言った。

「あとは、白河さまにお任せ致しますので、よろしくお願い致します」

「確かに約束をする」

定信は言った。

源之助と矢作は楽翁邸から出た。

「親父殿、納得いかんぞ」

矢作は言った。

「そう言うな」

源之助はなだめにかかった。

「まこと、これで幕引きだと思うか」

矢作は迫る。

「そういうことだ」

「おれは何かこれには裏があると見たがな」

「どんな裏だ」

「はっきりこうだとはいえんが、なんだか、壮大な法螺話《ほらばなし》に足を突っ込んでしまったような気がする」

「だからどんなだ」

「わからん」

「わからんことを威張るな。それより、白河さまが約束してくださったのだぞ。この件はこれにて落着だ」

源之助は厳しい顔をした。

「いや、違うな。親父殿、騙されてはいかんぞ」

「白河さまが騙していると申すのか」

「いや、白河さまも騙されておるのだ」

「横川さまにか」

「横川さまも騙されているんだ」

「なんのことやらさっぱりわからんな」

「貴船党はな、これから後も暗躍をするぞ。絶対にこれでは潰《つぶ》れん。それはおれの嗅覚が言っている」

矢作は誇る。

「おまえの勘は妙に当たるということはよくわかるが、一体、どういうことが背景になるのだ」

「親父殿、おれの勘だがな、お由美という女中、行方が気になるな」

「貴船党に合流したのではないのか」

「そうも考えられるが。果たしてどうであろうな。おれは、朱美がお由美とは思えない。朱美という女、相当にしたたかだ」

「朱美こそが貴船党を操っているか」

「そうだ」

矢作は胸を張った。

「ならば、これからどうする」

「もう一度、布袋屋に当たるさ」

矢作は言った。

「よし、わたしも付き合おう」

「どうせ暇だものな」

「それを言うな」

源之助は苦笑を漏らした。

五

源之助は楽翁邸からの帰途、日本橋長谷川町にある杵屋に立ち寄った。母屋の縁側で善右衛門が冷たい麦湯を飲んでいる。源之助に気付くと、笑みを深めたが、すぐに表情を引き締めた。

「善太郎から聞きました。鉄砲洲の鰻屋《うなぎや》の前で何者かに襲われたとか」

「いや、面目ない。善太郎に助けられました」

「お怪我はよろしいので」

「幸い、瘤《こぶ》ができただけです」

源之助は後頭部を手でさすった。多少の痛みは残っているが、怪我は順調に回復している。

「毎年、暑さが堪《こた》えますな。蔵間さまは、相変わらず、ご壮健でいらっしゃいますな」

「いや、わたしも歳《とし》を感じます。善右衛門殿に作っていただいておる雪駄《せった》、鉛の薄板を敷いておりますが、例年になく重いと感じております」

「無理にお履きになることはないと存じますが、あ、いや、蔵間さまにとりましては、あの雪駄は八丁堀同心であることの印でございましたな」

「そう、自分に言い聞かせております」

源之助が答えたところで善右衛門は微笑《ほほえ》んだ。が、その笑みはどこか寂しげだと源之助の目には映った。

果たして、

「今年一杯で善太郎に店を譲り、隠居しようと思っています。もっとも、今も商いは善太郎に任せ、隠居同然の暮らしぶりなのですが」

語り終えると善右衛門はさばさばしたように笑みをふかめた。

「善太郎、しっかりしておりますからな。安心して隠居できるでしょう」

「気がかりなのは嫁です。これで、嫁を迎えれば、本当に憂いがなくなるのですが」

「お香との仲はどうなのですか。わたしが賊に襲われたのはお香が働く鰻屋の前でした。お香がいると知らずにわたしはその店の暖簾《のれん》を潜《くぐ》ったのですが、善太郎は足しげく通っているようですぞ」

「お香さんのような娘さんが善太郎の嫁になってくれれば言うことはないのですが、うまくいきますか」

　善右衛門は夕空を見上げた。

　その時、裏木戸が開き、善太郎が戻って来た。源之助に向かって挨拶をしてから、履物《はきもの》が入った風呂敷包みを縁側に置いた。手拭で滴《したた》る汗を拭い、縁側に腰をかける。

「蔵間さま、もう、お怪我は大丈夫ですか」

「あの時はすまなかったな。礼を申すぞ」

「いやあ、あたしは何もしていませんよ。礼ならお香さんに言ってやってください」

「明日にでも鰻屋に顔を出すとするか」

　源之助が言うと、

「それがですね、お香さん、このところ店を休んでいるんですよ。身体の具合がよくないみたいなんです」

　心配顔で善太郎は答えた。

「それは心配だな。おまえ、様子を見に行ったらどうだ」

「そうですね……でも、迷惑かもしれないしな」

　善太郎はぶつぶつと言うと、風呂敷包みを背負い、店に向かった。

八丁堀の組屋敷に戻った。

久恵の他に美津が孫の美恵《みえ》を連れて来ていた。

「お帰りなされませ」

舌足らずな口調で美恵に挨拶をされると、いかつい顔も綻んだ。

「杵屋の善右衛門殿が今年一杯で隠居されるそうだ」

源之助は久恵に言った。

「まあ、そうですの。善太郎さんがしっかりしていらっしゃるから安心されたんですね」

という久恵の言葉を受け、

「兄が申しておりました。親父殿は金輪際《こんりんざい》、隠居なんかなさらないって。生涯現役を貫かれるだろうと」

美津は言った。

「わたしもそのつもりでおったのだが、果たしていつまで十手御用を続けることができるのか、多少の不安がある」

「義父上《ちちうえ》、どこか具合が悪いのですか」

「どこがどうということはないのだがな、なんとなくそんな気がする。気の持ちようかもしれんが。いやいや、そんなことを言いながら、事件に遭遇すると、八丁堀同心の闘志が燃え上がるのだがな」

「そうですよ。義父上はそうでなくてはいけません。義父上がのんびりと釣り糸を垂らしていらっしゃる姿なんか想像できません。そうではございませんか、義母上《ははうえ》」

美津に語りかけられ、

「そうですね。旦那さまは十手を持っていないと、暮らしてゆけないのではと思います」

久恵も賛同した。

「そうか、そなたら、わたしを一生、働かせたいのだな。人使いが荒い嫁と女房だ」

源之助は声を放って笑った。

久恵と美津も顔を見合わせ、笑い声を上げた。ひとしきり笑い終えてから、

「飯だ。笑い過ぎて腹が減った」

源之助は下腹をぽんぽんと手で叩いた。

久恵が立ち上がると美津も腰を上げ、手伝いますと台所へ向かった。源之助は美恵を抱き寄せた。

第四章　都の贈り物

一

源之助にお香のことを話した明くる十四日、善太郎はこのところ寅松《とらまつ》が顔を出さないことが心配になっていた。

「おとっつあん、寅松、どうしたんだろうね」

朝餉を食する。

飯には納豆はかかっていなく、真っ白い輝きを放つばかりだ。

「風邪でもひいたかな」

善右衛門は関心なさそうに返した。飯を食べるのが億劫《おっくう》そうで夏ばての様子である。

善太郎は飯に味噌汁をかけて、かき込んだ。

「おまえな、昼にでも骨董屋に行ってくれるか」

善右衛門は言った。

「何か欲しい物があるんだったらさ、自分の目で見た方がいいよ。あたしは、骨董なんてさっぱりだからさ」

善太郎がかぶりを振ると、

「買うんじゃない。売るんだよ」

「じゃあ、尚更じゃないか。わからない者が行ったら、安く買い叩かれるだけさ」

「安くたっていいんだよ。もう、蔵の中を整理しようって思っていたところだしね、それに、値を聞いてくるだけでいい。その場で売らなくたって、いや、売っちゃあいけないな」

「わかったよ。で、うちにそんなお宝なんてあったかな」

「香炉だよ。鳳凰の」

「なんだっけ」

善太郎が首を傾げると、

「昔、おまえが触って、壊してしまいそうになったことがあったじゃないか」

「ああ、思い出した。おとっつあん、物凄い形相で怒ったっけ」

「そうだよ。あれから、蔵に仕舞ってあったんだ」

善右衛門は言うと、立ち上がり、部屋の隅に置いた桐《きり》の箱を持って来た。蓋を開け、取り出すと両手で大事そうに見上げる。

「これがね」

見ようと思って善太郎は右手を差し出したが引っ込めた。

「で、どうしておとっつあん、こんな値打ちのあるお宝を手に入れたんだ」

「それがな、若い頃だ。仲間で上方《かみがた》を旅したんだよ。その時に京の都の骨董屋を冷やかしたんだ」

「ああ、そんなこと言っていたね。おいらなんか、箱根《はこね》を越えたことなんかないもんな」

「おまえは若いんだ。これからいくらでも旅に行けるさ」

「じゃあ、京の都の骨董屋で買ったのか。いくらしたんだい」

「五十両だよ」

善右衛門は右手を開いた。

「へえ、ずいぶんと張り込んだんだね」

「若かったし、旅の恥はかき捨てってことでね、都で博打《ばくち》をやったんだよ。そしたら、これがつきについてね」

楽しそうに善右衛門は目を細めた。

善右衛門は七十両も勝ったのだそうだ。

「そんなことで、気が大きくなっていてね」

清水寺《きよみずでら》、三年坂《さんねんざか》にある骨董屋を冷やかした。

その際、

「店先にぽんと置いてあったんだ。骨董にさほど興味はなかったんだけど、それが妙に目に鮮やかというか、都の風景に溶け込んでるようでね」

値を聞くと、金目にして六十両だった。

「それをね、一緒に旅をしていた仲間で骨董に詳しい方が交渉してくれてな」

その場で支払うという名目で五十両に値切ってくれたそうだ。

「それで五十両で買ったんだよ。まあ、その時は値打ちのある香炉だとは思ったんだけど、まあ、旅の思い出になったくらいのつもりだったんだ」

善右衛門は言った。

「なんだ、若い頃の郷愁に浸っているってことかい」

「そうかもしれないね」

善右衛門は懐かしそうに空を見上げた。

「わかったよ」

善太郎は引き受けた。


まず、気になる寅松の家に出向いた。

暑いが、かまわず長屋の木戸を潜《くぐ》り、家の前に立つと、

「寅松、いるか」

と、声をかけた。

「ああ、若旦那か」

寅松が出て来た。

「なんだ、寝込んでいたと思ったよ」

と、言ったところで、奥から咳《せき》が聞こえてきた。

「お姉ちゃん、具合が悪いのか」

心配になって尋ねた。

「ああ、よくないんだ」

「お医者には診せたのかい」

「薬を煎じてもらっているんだけどね。もっと、いい薬が買えりゃいいんだけどさ」

「そんなら言っておくれよ」

「若旦那を頼るわけにはいかないよ」

寅松は言った。

「水臭いこと言うなよ。あたしとおまえの仲だろう」

「でも、病になっているのはお姉ちゃんだもん」

「だから、お姉ちゃんとだってさ」

「あのね、若旦那、お姉ちゃんは若旦那のおかみさんになるって決まっていないんだぜ」

はっきりと物を言う寅松にたじたじとなりながらも、

「そりゃそうだけどさ。善意ってもんだよ」

「そんならいいけどさ」

生意気に寅松は言った。

「ともかく、お大事にな」

善太郎はお香の身を案じながら長屋を後にした。

神田の骨董屋を覗くことにした。

骨董屋は騒ぎがあったばかりである。布袋屋という骨董屋が貴船党という盗人一味が不当に手に入れた骨董のたぐいを売りさばいていたということで一時は大変な騒ぎとなったのだが、主人木兵衛は知らずに買い取っていたことがわかり、五十叩きと五十両の科料《とがりよう》でお解き放ちとなったばかりであった。

木兵衛はとかく骨董を見る目は確かで、評判の悪さと骨董屋としての腕の両面を評価されてもいた。

しかし、警戒してか客はいない。

それなら、と、善太郎は興味を覚えて布袋屋に足を踏み入れた。

「いらっしゃい」

力ない声で木兵衛は返事をした。

奉行所で灸《きゆう》を据えられたことがよほど堪《こた》えたと見えて目に生気がない。疲れきった様子で善太郎の応対に出た。

「ちょいと、見てもらいたい骨董があるんだけどね」

善太郎が言うと、

「あんた」

木兵衛は警戒心を呼び起こしたようで、しばらく無言で善太郎を見ていた。

「よしとくれよ。あたし、怪しいもんじゃないんだ」

「怪しいのは大抵そんなことを言うがね」

木兵衛はよっぽど懲りたようである。

「あたしはね、日本橋の履物問屋杵屋の息子で善太郎っていうんだ。頼むよ、たいがいにしてくれよ、人を疑うのもさ」

「わかりましたよ。で、骨董っていいますと」

木兵衛は気を取りなおしたようだ。

「これなんだけどね」

善太郎は桐の箱を取り出し、蓋を開けた。

「拝見しますよ」

木兵衛は袱紗を手に、香炉を受け取った。

「鳳凰の香炉かい」

嫌な顔をし、何事がぶつぶつと呟き始める。

「こういうね、贋物っていうのが往々にして持ち込まれるんですよ。まったくね、骨董屋を騙してやろうなんて、不埒な奴が後を絶ちませんでね。まったく、困ったもんですよ」

よほど、腹に据えかねたようで、善太郎は怒りで顔が真っ赤になっている。

「だったら、いいですよ。すいませんね、まがい物で」

すっかり気分を害し、善太郎は香炉を持って帰ろうと思った。すると、木兵衛は香炉から手を離そうとしない。

「もう、いいですって。悪かったですね。手間かけてしまって」

皮肉たっぷりに善太郎は声をかけた。

しかし、木兵衛は善太郎の言葉がまるで耳に入らないようで、両目をかっと見開いて香炉を目利きしている。

「布袋屋さん」

もう一度、声をかけると、

「あんた、お若いのに、これ、どこで手に入れなすった」

「よしとくれよ。あたしはね、貴船党とやらと違ってさ、まっとうな買い物なんだ」

「だからどこで」

「親父がね、三十年ばかり前に京の都で買い求めたんだよ」

「三十年前、京の都……そ、それは本当だね」

木兵衛の声が裏返った。

「本当だよ」

「なんという骨董屋だった」

「店の名前までは聞いていないよ。清水寺近くの三年坂って所にあったそうだ」

「そうかい。で、おまえさんのおとっつあんの名前は」

「杵屋の主で善右衛門っていうんだけど」

「間違いない」

木兵衛の息遣いが乱れた。

善太郎はいぶかしみながら、

「それで、値はいくらほどだい。言っとくけど、安くはないよ」

「わかっているさ。で、おまえさん、これ、売ってくれるのかい」

木兵衛は言った。

二

「売るかどうかは親父に聞かないといけないけど。いくらで買ってくれるんだい。言っとくけど、親父は強欲だからね。それなりの値じゃないと売らないよ」

できるだけ高値をつけさせようと善太郎は予防線を張った。しかし、そんな必要はなかった。木兵衛は勢い込んで値をつけた。

「千両だ！」

善太郎は言葉の意味がわからず、

「だから、千文なんてさ……ええっ」

千文なら一分である。

善右衛門ならずとも怒るだろう。

が……

「せ、千両だって」

口を半開きにして善太郎は聞き返した。

「不足かい」

木兵衛は上目遣いに問いかけてきた。

「いや、びっくり仰天《ぎょうてん》だよ。この香炉が……」

善太郎は木兵衛から香炉を受け取った。

「こっちも驚いたよ。まさか、見つかるとはな」

「だから、親父が京都の骨董屋の店先で買い求めたって言っただろう。そんなに値打ちがあるなんて親父も知らなかったはずだよ」

「三年坂の骨董屋さんもまさか本物の鳳凰の千鳥《ちどり》とは思いもしなかったんだろうね」

「鳳凰の香炉って、そんな由緒ある名物《めいぶつ》なんですか」

千両などと途方もない値をつけられ、善太郎はつい言葉遣いまでが改まってしまった。

「何しろ、太閤《たいこう》さまの持ち物だったんだ。おまえさんも、太閤さまの千鳥の香炉は知っているだろう」

善太郎は首を縦に振ってから、

「石川五右衛門《いしかわごえもん》が太閤さまの寝所に忍び込んだ時に鳴いて、太閤さまの窮地を救ったって、いう香炉でしょう」

「その千鳥の香炉と共に太閤さま秘蔵の香炉だったんだ。醍醐《だいご》の花見の時、太閤さまが錦小路《にしきこうじ》卿の鮮やかな茶の手前に感心して、下賜されたんだよ」

「そんな大それた香炉ですか。そいつは、すげえや。親父が聞いたら腰を抜かしますよ」

「とにかく、千両でわたしは買い取りますよ」

木兵衛の目は爛々《らんらん》と輝いた。

「とりあえず、親父に言いますよ」

善太郎は香炉を腫れ物にでも触るような丁寧さで桐の箱に仕舞った。

「お売りになるなら、わたしですよ。それだけは約束してくださいね」

木兵衛に念押しをされ、

「わかったよ」

返事もそぞろに、炎天下を歩きだした。

陽炎《かげろう》が立ち昇り、周辺が揺らめいている。

しかし、善太郎は暑さも忘れて家路を辿った。桐の箱がやけに重たい。人を見たら泥棒と思えということだが、すれ違う者全てがすりか盗人に見えてしまう。

途中、お得意の何人かと遭遇したが、挨拶もそこそこに店へと急ぐ。

「おとっつあん!」

店の裏木戸を走り込んだ。

「なんだい、騒々しい」

善右衛門は朝顔の鉢植えに水をやっていた。

「朝顔に水をやっている場合じゃないよ」

血相を変えて善太郎は語りかける。

「どうしたんだい。そんなゆで蛸《だこ》みたいになって。水で顔を洗って、少し、頭を冷やした方がいいよ」

「おとっつあんだって、これを聞いたら、正気じゃいられないさ」

善太郎は桐の小箱を差し出した。

「おお、いくらか値はついたのかい」

善右衛門は言った。

「聞いて驚きなさんな。こんだけだよ」

善太郎は人差し指を立てた。

しかし、善右衛門は表情を変えることなく、

「十両かい。もうちょっと、値がつくと思ったんだがね。ま、仕方がないか」

感心なさそうに言った。

「違うよ。十両じゃなくって、千両だよ」

語気を強めて善太郎は言った。

「おいおい、今、なんて言った」

善右衛門は苦笑を漏らした。

「だから、千両だって」

善太郎は答えると、木兵衛から聞いた鳳凰の香炉の由緒について語った。

善右衛門は目を丸くして聞き終えると善太郎の手からひったくるようにして受け取り、蓋を開けるのももどかしげに香炉を取り出して、しげしげと眺めた。

「なるほど、これは、神々《こうごう》しいな」

善右衛門はうっとりとなった。

「とんだ掘り出し物ってことさ、おとっつあん、よかったな」

善太郎が言う。

「狐につままれたような気分だよ。まったく、これが千両とはな。旅の恥はかき捨てのつもりで買った骨董が……無欲で買ったから思わぬお宝を引き当てたのかもね」

善右衛門は感慨深そうだ。

「どうする」

善太郎が問いかける。

「どうするって、何が」

「何がじゃないよ。売るのかい」

「売らないよ」

「でも、千両だよ」

「千両だからって、売らないさ」

「もっと、値上がりするのを待つのかい」

「そうじゃないよ。お金にすることもないさ。幸い、うちはそんなに困っていないんだから。一つくらい家宝があったっていいだろう」

「そうかな。でもさ、おとっつあんが死んだら、あたしの物になるんだろう。あたしの物になったら、さっさと売っちゃうよ」

けろっと善太郎は言った。

「誰がおまえに譲るなんて言ったよ」

むっとして善右衛門は返す。

「じゃどうするんだよ。あの世まで持って行くのかい。墓に入れてくれなんて言うんじゃないだろうね」

「そうしようかね。おまえは、骨董の値打ちなんてわからないだろう。この香炉が千両にしか見えないだろう」

「おとっつあんだって、あたしから千両って聞くまでは、わからなかったじゃないか。

骨董の目利きができないのはお互いだよ」

「ともかく、売るつもりはないさ」

「じゃあ、床の間に飾って眺めているのかい。盗人に入られるんじゃないかって気を揉んでなきゃいけないよ」

善太郎は言った。

「ともかく、すぐには売らないということだよ」

善右衛門は香炉を桐の箱に入れて座敷に上がった。


その日の夕暮れのことだった。

早くも布袋屋木兵衛が善右衛門を訪ねて来た。

「善太郎さんからお聞きになったと思いますが、鳳凰の香炉、大変に値打ちのある名物でございまして、是非とも手前にお売りいただきたいのでございます」

揉み手をして木兵衛は頼んできた。

「せっかくのお申し出ですがね、わたしはどなたにも売るつもりはないのです」

丁寧に善右衛門は断りを入れた。

「千両では不足ですか」

木兵衛は目を凝らした。

「不足ということではありません。正直、千両もの値をつけてくださり、戸惑っております。倅にも申しましたが、若かりし頃、旅の最中に遊びで買い求めた品。それが、千両と言われ、富くじに当たったような。しかし、この香炉がうちの商いに差し障《さわ》るようでは本末転倒でしてな」

「お気持ちはわかりますが、それなら、尚更、このような香炉を置いておかれない方がよいと思いますが」

木兵衛は言った。

「そうですな。その方がよいかもしれません」

「では、お売りいただけるので」

木兵衛は半身を乗り出した。

「いや、そういうわけではございません。もう少し、考えさせていただけませんか」

「そうですな。いや、失礼しました。突然に降って湧いたようなお話にすぐに決めろと持ちかけるのが間違いでした。どうも、焦っておりまして、すみません」

木兵衛は丁寧に頭を下げると、杵屋から出て行った。

木兵衛を見送ってから善太郎が、

「もう、何も言わないよ」

「そうかい。なんだか、疲れたね」

善右衛門は伸びをした。

「しかし、いけないことかもしれないけど、落ち着かないね、ないって思わないといけないんだけど」

善太郎は言った。

善右衛門も責めることはなかった。

善右衛門は碁盤に碁石を並べ始めた。脇には桐の箱が置いてある。

「おとっつあん、やっぱり蔵の中に入れておいた方がいいんじゃないのかい」

「今日くらいはいいさ。ここに、そんな大それた名物があるなんて思わないさ」

善右衛門は明るく答えた。

「ま、そうだけどさ。用心に越したことはないって思うけどね。じゃあ、あたしは、湯へ行ってくるよ」

善太郎は湯屋へと向かった。

途中、お香の病気が思い出された。自分の蓄えからよい薬を買ってやろう。お香は施されることを喜ばないかもしれないが、とにかく、薬を買おう。夏風邪はたちが悪いとよく耳にする。

「朝鮮人参でも買うか」

気持ちが吹っ切れて善太郎は胸が高まった。一本、五両ほどだ。

香炉が千両と聞き、金銭感覚が違っているかもしれないが、それでもかまわない。

三

源太郎は引き続き、米吉殺しの探索に血眼《ちまなこ》になっていた。五十両盗難の疑いは去ったのだが、米吉殺しの疑いが晴れたわけではない。

源太郎は一人で榎木の家へとやって来た。

幸い、口うるさい喜代はいなかった。榎木は一人、黙々と傘張りをしていた。

「広田屋へ碁を打ちに行かないのですか」

源太郎が問いかけると、

「貫太郎殿から五十両の一件は聞いた、丁寧に詫びもしてくれた。しかし、碁を打ちに行く気にはなれん」

傘張りの手を止め榎木は乾いた口調で言った。貫太郎は榎木を信じていると言っていたし、榎木自身自分は無実であり、必ず濡れ衣は晴れると信じていたはずだが、いざ、疑惑が晴れてみると、残ったのは貫太郎との深い溝《みぞ》のようだ。

「喜代殿はいかに申されているのですか」

「喜代は二度と、広田屋の敷居を跨《また》ぐな、そして、貫太郎殿にはわが家の敷居を跨がせるなと申しておる」

いかにも喜代らしい。

「米吉、思えば馬鹿な考えを抱いたものです」

「いや、米吉にすればわしを疑うのは当然。忠義の番頭だと誉めてやりたいくらいだ。ところで、貴殿、まだわしが米吉を斬ったと疑っておるのか」

榎木は口元を緩めた。

「正直、わかりません」

「喜代を疑っておるのではないか。喜代が花沢に頼んで斬らせたと」

「それもわかりません」

源太郎は言った。

「ほう、正直だな」

おかしそうに榎木は笑った。

それから、

「実はな、帰参の話がまいった」

榎木は言った。

「それは、おめでとうございます。喜代殿もさぞやお喜びでございましょう」

「喜代は喜んでおるというか、当然のことだと申しておる。わしは、正直、さほどうれしくはない」

「今の暮らしの方がよろしいのですか」

「そういうわけではない。むろん、暮らしのことを考えたら帰参した方がよいに決まっておる。しかし、自分を追い出した御家に戻るというのはどうも、躊躇《ためら》われる。むろん、そんなことで帰参を拒むのは不忠というもの。己の気持ちなど殺さねばならんのだがな」

言葉通り喜びを表すことなく淡々と榎木は語った。

と、喜代が戻って来た。

つい緊張してしまった。

喜代は父が帰参することになったためか、これまでのようなつっけんどんな態度ではなく、笑みを浮かべ、柔らかな面差《おもざ》しとなっていた。

「お父上の帰参が適《かな》ったとか。よろしゅうございましたな」

源太郎の祝福を喜代は笑顔で受け、

「父上、蔵間さまもこのようにおっしゃっておられるではありませんか」

榎木は喜代に帰参を受けるか迷っていると告げているようだ。

榎木は返事をせず、傘張りの仕事に戻った。

「まったく」

困ったように喜代は笑みを消した。

「では、これにて」

源太郎は榎木の家を後にした。

喜代が追いかけて来た。

「米吉殺しの下手人、挙がったのですか」

喜代は厳しい目をした。

「いいえ、まだです」

「父が帰参を躊躇《ためら》っているのは、米吉殺しの下手人が挙がっていないからだと思います」

喜代らしいはっきりとした物言いである。

「申し訳ございません。探索を怠ってはいないのですが、なかなか、挙がりません」

「蔵間さま、わたくしをお疑いでございますか」

「喜代殿、花沢さまに米吉を斬らせたということはありませんか」

ここは、気圧《けお》されている場合ではない。

喜代は笑みを浮かべた。

「いいえ」

それは謎めいた微笑みであった。

「そうですか」

それ以上は突っ込めない。何しろ、何一つ、証《あかし》はないのだ。あるのは動機だけである。しかし、動機がある以上、喜代への疑いを解くわけにはいかない。

しかし、責める手立てがない。

すると喜代は意外なことを言い出した。

「わたくしは米吉を許せませんでした。父を冒瀆《ぼうとく》するがごとき言動を見過ごしにできるものではありません。ですが、わたしは女、残念ですが、刀を使うことはできません。では、花沢さまに斬るよう頼んだかとお疑いでございましょうが、これもしておりません」

きっぱりと喜代は言った。

それは違うでしょうとは問えない。

すると喜代は、

「ただ、わたくしは花沢さまに広田屋の番頭、米吉が父に対し、無礼千万な言動をしていることを話しました。しかも、かなり強い調子で申しました。わたくしの気性ゆえ、大変に強い調子であったと思います。ですが、だからと申して、斬ってくれとは頼んでおりません」

「しかとですな」

「もちろんです。わたくしは、一言も花沢さまに米吉を斬ってくれなどとは申しておりません」

喜代の眉間に皺《しわ》が寄った。

「しかし、花沢さまは喜代殿がそうおっしゃったのなら、頼まれなくても米吉を斬ったかもしれませんぞ」

源太郎は言った。

「それはわたくしの預かり知らぬところでございます」

喜代は言った。

その笑みに源太郎は背筋が凍った。

この女、花沢が自分に惚《ほ》れていることを利用し、花沢に米吉を殺させたのではないか。

「殺し」のこの字も口にすることなく、花沢に米吉を殺させたのではないか。

もし、そうなら、喜代の罪を問うことはできない。ひょっとして、榎木が米吉殺しの下手人が挙がらない限り、帰参する気はないと漏らしているのは、喜代の邪悪な企てに気がついたからではないのか。

考え過ぎだろうか。

それとも、下手人は別にいるのだろうか。京次が米吉の身辺を洗いなおしている。

しかし、米吉の、まじめ一方の商人という顔を崩すことはない。恨みの線ということは考えにくい。

やはり、通りすがりの辻斬りであろうか。

「喜代殿、お困りではございませんか。お父上は米吉殺しの下手人が挙がらないうちは帰参なさらないのですな」

「ですから、早く下手人を挙げていただきたいのです」

喜代は非難めいた口ぶりとなった。

「困りましたな。こちらも何度も申しますように辻斬りに絞って探索に当たっておるのですが、なかなか浮上しません」

「ともかく、一日も早く、下手人を挙げてください」

「全力を尽くします」

話を終えるように源太郎は言った。

喜代は一礼すると家へ戻って行った。

喜代の挑発的な言動は源太郎の胸に深く突き刺さった。

夕方、神田の京次の家に立ち寄った。

お峰《みね》が浴衣掛けで、湯屋へ行くところであった。

「すいませんね、お構いもできませんで」

お峰は湯屋へと出かけて行った。

「うるせえのがいなくなったんで、話しますか」

京次は言った。

源太郎は、

「喜代という女、相当な曲者《くせもの》だ」

と、喜代との面談について語った。

「なるほど、大した玉ですね」

京次も感心しきりである。

「喜代は米吉を憎んでいた。殺したいほどにな。それだけなら、罪を犯したことにはならない。しかし、花沢に米吉を殺させたなら。これも、喜代の場合は難しい」

「米吉への恨み、憎しみを語るだけでは殺しを依頼したことにはなりませんね。ところが、惚れた男の立場になってみれば、惚れた女がそこまで憎んでいる男に対して、何もしないではいられるはずがない。なるほど、実に狡猾《こうかつ》な女ってこってすよ」

京次も言った。

「どうにも手に負えんな」

「まったくですね」

「ただ、米吉殺しを喜代による企みだと決め付けることもできん」

「あっしもそう思います。それで、恨みの線を辿っているんですがね」

成果がないことを京次は嘆いた。

「よし、京次は引き続き米吉の交友関係を当たってくれ。わたしは花沢を当たる」

源太郎は言った。

「わかりました」

「しかし、妙な方向に事件は進むものだな」

「事件は生き物ですね」

「まったくだ」

「蔵間さまならどうしますかね」

京次は顎を掻いた。

四

夕暮れ、源之助は杵屋を訪れた。母屋の縁側で碁盤を囲んだ。風に吹かれ、涼しげに風鈴が揺れている。源之助はほっと安堵して黒石を手に、碁盤を眺めた。

「近頃、貴船党という物騒な一味が世間を騒がせておりますな」

善右衛門が言った。

「いかにも。あ、そうだ。こちらは家宝を狙われませんでしたか」

源之助が問いかけると、

「うちには大したお宝は……」

反射的に返してから善右衛門は碁盤から顔を上げた。

「そうそう」

善右衛門は床の間に向かった。飾ってある香炉を手に取り、縁側に戻って来る。

「この香炉ですがね、若かりし頃、上方《かみがた》を旅した際に京の都で買い求めたんですよ」

善右衛門は鳳凰の香炉を買った経緯を語った。源之助は目を凝らし、香炉に見入った。源之助の真剣な眼差しに気づき、

「いかがされました。蔵間さま、骨董に興味がありましたか」

「いや、まこと、これは鳳凰の香炉ですか」

「ええ、そのようですな。神田の骨董屋、布袋屋さんが正真正銘の鳳凰の香炉だから、千両で譲って欲しいと、言ってきたくらいですから」

「そうですか、まさか、善右衛門殿が持っておられたとは」

源之助はしげしげと見た。

「わたしも、そのような大それた香炉などとは露ほども思っておりませんでしたから、それはもう驚き入ったしだいです」

善右衛門は何度も感心したようにうなずいた。

「千両と聞いて、手放す気になりましたか」

「驚きはしましたが、千両が欲しいとは思いませんな。しばらくは、手元に置いておくつもりです」

「そうですか、それは善右衛門殿のお好きになさるのがよろしいでしょう」

「ところで、蔵間さま、これが鳳凰の香炉かとおっしゃいましたが、鳳凰の香炉のことをご存じだったのですか」

「貴船党がらみですよ」

「貴船党が鳳凰の香炉を奪ったのですか」

「さるお大名家の家宝の一つであったのですがな、貴船党に奪われたと思われたのです。と、思われたと申しますのは、その大名家が所持していた鳳凰の香炉、真っ赤な贋物であったのです。さも、本物が贋物とすり替えられたと思わせようと企てられたのですが、元来の物が贋物と発覚した次第です」

「なんだか、申し訳ないようが気がしますな」

善右衛門は頭を掻いた。

「まこと、骨董というのはめぐり合わせですな」

源之助は言った。

「わたしには過ぎた骨董かもしれません」

善右衛門は感慨深そうに息を吐いた。

するとそこへ善太郎が戻って来た。源之助に気づくと軽く頭を下げ、

「布袋屋の木兵衛さん、殺されたって」

と、驚くべき報告をした。

「なんだって」

善右衛門は思わずといった様子で香炉を眺めた。

「どこでだ」

源之助も目元がこわばった。

「店でですよ。神田の店で、刃物でもって、刺し殺されたってことってす。おとっつあん、香炉、大丈夫だろうね」

善太郎は香炉を見た。

「布袋屋さんが殺されたのは香炉に関係しているのかい」

善右衛門は聞いた。

「そこまではわからないけどさ、あたしは、関係しているんじゃないかって思うね」

「すると、貴船党の仕業かね。でも、蔵間さま、貴船党は退治されたんじゃありませ

んか」

善右衛門は当惑した。

「そのはずですが」

源之助は言うと、腰を上げた。それから、

「布袋屋に行ってまいります。本日は念入りに戸締りをされよ」

源之助は腰を上げた。

神田の布袋屋へとやって来た。

現場で探索に当たっていたのは北町の筆頭同心牧村新之助《まきむらしんのすけ》だった。

「蔵間殿、お疲れさまです」

新之助は軽く一礼した。

「殺しだそうだな」

「主人、木兵衛が胸を一突きにされておりました」

亡骸《なきがら》は奥の小上がりに横たえられていた。

「下手人は捕まったのか」

「まだです」

新之助は聞き込みに当たっていることを報告した。

店の出入りは自由、また、裏口からも自在に立ち入ることができた。

「店を見る限り、乱れた様子はありません。何か骨董を盗んだとなると、木兵衛を殺した後であると思われます」

「しかし、店には値打ちのある骨董品など置いてあるのか」

「そうですな。いかにも物騒ですな」

新之助もうなずいた。

「ところで、木兵衛殺しについて思い当たることがあるのだ」

「どのようなことですか」

「木兵衛、正真正銘の鳳凰の香炉を目利きしたのだ」

「鳳凰の香炉と申しますと」

新之助は首を捻った。

「これが、少々、込み入った事情があってな。口外はするなよ」

「むろんのことです」

新之助は固くうなずいた。

源之助は松平定信家における鳳凰の香炉、簒奪《さんだつ》と貴船党の一件をかいつまんで語った。

「そのようなことが」

新之助は驚きを示した。

「その香炉は贋物であったのだが、ここにきて本物の香炉が現れたのだ」

「どこにでございますか」

「それがな、なんと、杵屋善右衛門殿が若かりし頃、京の都で買い求めてきたのだ」

「なんですって」

「まさしく、正真正銘の鳳凰の香炉だと木兵衛が目利きしたのだ」

「なるほど」

「木兵衛は千両の値をつけた。すぐにも千両で買い取りたいと善右衛門殿に申し入れたのだそうだ」

「千両もの大金を支払うことができたということですか」

「それか、すぐにでも香炉を手に入れたい好事家がいたということだ」

「木兵衛殺し、鳳凰の香炉と関わっているのでしょうか」

「わたしはそう思う」

「蔵間殿の直感は外れることはないと思うのですが」

「いや、そなたはそなたで探索をすべきだ」

源之助は言った。

「承知しました」

「ここは、人通りも多い。その中、木兵衛と白昼堂々と会うことができたということは、下手人は木兵衛から警戒されないだけの懇意な間柄ということになる」

「そうですな」

「木兵衛の得意先を洗うべきだな」

「行きずりの者の仕業ということは考えにくいですね」

新之助も言った。

「ならば、しっかりな」

源之助は言い置いて布袋屋を後にした。

杵屋では、

「なら、湯屋へ行ってくるよ」

善右衛門が言うと、

「おとっつあん、今夜はやめといた方がいいよ」

善太郎が引きとめた。

「大丈夫だよ」

善右衛門は心配ないと答えたが、

「いや、やめておいた方がいいさ」

頑《がん》として善太郎は言い張った。

「おまえも心配性だな」

「心配にもなるじゃないか。布袋屋さんが殺されたんだよ」

「鳳凰の香炉に絡んでのことだと決まったわけじゃないだろう」

善右衛門はなだめるように言った。

「だって、蔵間さまだって、今夜は戸締りを厳重にせよっておっしゃっただろう」

「そりゃそうだがな」

「だったら、夜更けの外出は控えるべきだ」

「でもね、わたしが鳳凰の香炉を持っていることを誰か知っているのかね」

「そりゃわからないじゃないか。だから、用心すべきなんだ」

「そうだけど」

善右衛門は納得したのか腰を落ち着けた。それからふとしたように、

「おまえ、馬鹿に心配してくれるじゃないか」

「おとっつあんにはまだまだ長生きをして欲しいんだよ」

「親孝行なことを言うもんだな」

善右衛門は目元を緩めた。

「だって、まだまだ気楽でいたいからね」

しれっと善太郎は答えた。

「なるほどな」

善右衛門は苦笑を漏らしながらも、うれしそうだ。

五

源之助は矢作に誘われ、神田明神下の縄暖簾《なわのれん》で一杯やっていた。谷中生姜《やなかしょうが》と奴豆腐《やっこどうふ》を肴《さかな》に矢作はぐいぐいと猪口《ちょこ》をあおる。源之助はそれを恨めしそうに見ながら猪口を持て余した。

「お由美が朱美であったのかな」

不意に矢作は問いかけてきた。

「行方知らずとあっては、なんともわからんが、わたしが会ったお由美はおまえが申す朱美とはずいぶんと印象が違う。そうは申しても、女は化粧や口ぶりで別人のようになるものだ」

源之助は猪口を口に当てた。

「貴船党といい、朱美といい、すっかりなりを潜《ひそ》めていやがるな。もう、十分に儲けたからなのかな」

矢作は考えあぐねた様子である。

「なりを潜めたと考えるということは、貴船党が横川主宰の集団ではないと思っているのだな」

「あれには裏がありそうだって、おれは言っただろう」

「今もその考えは変わらないということだな」

「親父殿はどう思うのだ」

「わたしも横川が貴船党を騙りました、で落着にはならぬと思う。なるほど、鳳凰の香炉は元々贋物であったのだろう。それを誤魔化すために横川は仕組んだのかもしれぬ」

三条錦大納言が死に、松平定信は鳳凰の香炉を三条錦家に返そうとした。ところが、横川が布袋屋木兵衛に目利きをさせたところ、贋物とわかった。三条錦家に最初から贋物だったと言っても、信じてはもらえない。

そこで、貴船党をでっち上げ、あのように手の込んだ芝居を打った。

「そこまでは筋は通っておるが、そこから先、貴船党が商人たちからお宝を奪い、布袋屋木兵衛に競りにかけさせ、売り捌いたというのがわからない」

源之助の考えに、

「その布袋屋木兵衛が殺されたとなりゃあ、貴船党の口封じって考えるのが妥当なんじゃないか」

賛成しつつ矢作は踏み込んだ。

「一つ、気になることがある」

源之助が言うと、矢作は期待を込め、身構えた。

「本物だと木兵衛が目利きした、杵屋善右衛門所有の鳳凰の香炉だが、今から三十年前に京の都で買い求めたそうだ。清水寺近く、三年坂にある骨董屋だという」

「そうだ、神田小柳町の料亭、真鶴屋の主、梅次郎も杵屋と一緒に京都で骨董を買ったんだ。梅次郎は雪舟の掛け軸だったが、杵屋と同じ骨董屋で買った」

「偶然ではあるまい」

「親父殿、こりゃ臭うな」

「ああ、ぷんぷんするぞ」

「思い出したよ。木兵衛は掛け軸の目利きをする際、梅次郎の親父が書き残した上方の旅の道中記を読み、京都の骨董屋で掛け軸を買ったことを見つけると異常に興奮したそうだ」

「ということは……」

「親父殿、三十年前の曰《いわ》くありの骨董品が集まったんじゃないか」

「おそらく、盗品が持ち込まれたのだろう。盗人どもは公家の屋敷に押し入り、骨董品を盗んでいった。盗んだものの、骨董の値打ちがわからず、骨董屋に持ち込んだのではないか。骨董屋は骨董屋で盗品を承知で買い取ったから、適当な値をつけて、旅の者相手に売りさばいたということではないか。三条錦卿は白河さまから官位を剝奪された上に家宝である鳳凰の香炉が盗まれ、意気消沈であられただろう。それで、せめてもの腹いせに贋物の鳳凰の香炉を白河さまに贈った、と、こんなところだろう」

「おれも、親父殿の考えに賛成だ。すると、布袋屋木兵衛を利用して商人どもから、お宝を奪った者がいるってことだ。そいつは、横川が貴船党を騙って、白河さまをかどわかし、贋の鳳凰の香炉を奪われたように見せかけたことを木兵衛から聞いた。それならと、木兵衛を使って、貴船党を名乗り、商人たちから宝物を奪うことを算段したんだ。そして、計画を実行し、大金を稼ぐと、口封じに木兵衛を殺したというわけだな」

矢作は言った。

「おそらくはな」

源之助に異存はない。

「となると、是が非でも木兵衛殺しの下手人を挙げねばならんな」

矢作は猪口の酒をあおった。

それから、源之助にちろりを向け、

「ところで、源太郎は米吉殺しの下手人を捕まえたのか」

「いや、まだだな。下手人の目星はついているが、決め手に欠けるようだ」

「目星がついているだけいいじゃないか。あとは、無理にでも口を割らせればいいさ」

「おまえらしいが、そうもいかぬようだぞ」

「お手並み拝見だな」

矢作は酒の代わりを頼んだ。

第五章　去りゆく時

一

悶々とした日々が続く中、居眠り番に松平定信がやって来た。

心なしか、疲れた表情で源之助の前に座る。

「お疲れのご様子でございますな」

源之助が語りかけると、

「蔵間、今回はとんだ恥の上塗りとなってしまい、わしとしたことが、ただただ忸怩《じくじ》たる思いに駆られておるわ」

「ご心中、お察し申し上げます」

源之助は頭を下げた。

「横川の奴も、御家のためと思いながらも間違ったことをしでかしてしまった。それは元を質《ただ》せばわしの 政《まつりごと》が原因である。まこと、いつまで経っても政道とはうまくいかぬもの。わしも目が曇っておった」

　嘆く定信に向かって、

「横川さまの処分は決まりましてございますか」

「自分で始末をつけると思う」

　つまり、切腹ということであろう。

「貴船党をいかになさいましたか」

「横川に関わった者には、厳しく処分を下す。ただ、わしが差し出がましいことを申すと、角《かど》が立つのでな、倅《せがれ》に任せる」

「何事も白河さまのお心のままに」

　源之助は慇懃《いんぎん》に頭を下げた。

「ところで、そなたと共にまいった南町の同心……」

「矢作兵庫助がいかがしましたか」

「なかなか、よい面構えをしており、物怖《ものお》じせずにはっきりものを申すところ、よき男であるな」

「白河さまがお誉めであったと矢作に伝えておきます」

「矢作、貴船党の一件、当家で決着をつけることに不満を抱いておるのではないか」

「正直申しまして、貴船党の被害は商人どもにも及んでおります」

「そのことであるが、家宝を奪われた商人に家宝の返還は適《かな》わぬものか」

「全ては無理であろうと存じます。被害に遭ったことを届けておる商家は限られております」

「知る手立てはないか」

「知る者は布袋屋木兵衛であったのですが、木兵衛は何者かに殺されてしまいました」

「それは残念じゃな。待てよ、木兵衛を殺したのは横川の意を汲んだ者であろうか」

定信は新たな危機感に襲われたようだ。横川の意を汲んだ者とは松平家中の者に他ならない。松平家の家臣が町人を殺したとあっては、ただではすまない。

「その可能性は否定できませんが、今の段階ではまだ、なんともわかりません」

定信の苦衷《くちゆう》を察し、源之助らしからぬ曖昧な返事をしてしまった。

「布袋屋殺しの下手人がわからぬうちは貴船党の一件は、落着せぬな」

定信の言葉に、

「御意にございます」

源之助は慇懃に頭を下げた。

定信は茶を一口飲んでから、

「そうそう、横川に追われた榎木久次郎であるが、当家への帰参を申し渡したのだが、一向に返事を寄越さぬ」

「榎木殿、筋を通されるお方ですから、得心がゆかぬことには承知をなさらぬのでございましょう」

「いかにも、横川が申すように大した一徹者のようじゃ」

定信は苦笑を漏らした。

それからふと思いついたように、

「蔵間、また、面倒をかけるが、わしの使者として榎木のところへ行ってくれぬか」

定信の頼みだが、

「いや、それは」

つい、源之助は口ごもってしまった。

快く引き受けてくれるものと思っていたようで、

「いかがした」

定信はいぶかしんだ。

「榎木殿には喜代殿と申される娘がおられましてな、この喜代殿はなんと申しますか、一種の女傑《じょけつ》です」

「なんじゃ、蔵間源之助も苦手とする女であるのか」

おかしげに定信は肩を揺すった。

「そうは申しましても、せっかくの帰参話、意地を張っておる場合ではないと存じます。ですが、松平家から使者を立てなさるのが妥当ではござりますまいか」

「それは当然のことではあるのだがな、当家より差し遣わした花沢ではらちが明かず、そなたならとたっての願いじゃ」

定信は一通の書状を源之助に託した。

定信としては自分のせいで榎木久次郎が御家を去ったという悔いがあるのだろう。榎木の帰参が適わなければ気がすまないに違いない。

「承知しました」

源之助が受け入れると、

「すまぬな」

定信は破顔した。

次いで、懐中から紙包みを置いた。

「些少《さしょう》であるが、納めてくれ」

「いいえ、これは受け取れません」

「硬いことを申すな。恥ずかしながら、まこと、些少なのだ。それに、武士たる者、出した金子《きんす》を引っ込めるわけにもまいらぬでな」

「ならば、今度、鰻屋でわたしが奢《おご》ります」

源之助が受け取ることを示すと、

「おお、そうじゃな。また、まいろう」

定信は席を立った。

「さて、喜代殿だな」

源之助は喜代といかに対するか考えた。しかし、妙案は浮かばない。

矢作は神田小柳町の料理屋、真鶴屋で宇田川と会っていた。

「このたびは、ご苦労であったな」

宇田川は酌をしてくれた。

「しかし、どうなんでしょうな」

矢作は疑問を投げかける。

「不満そうだな。その気持ちはわかる。結局のところ、我らの出番はなかったということだ。松平家で始末をつけることになるのだからな」

宇田川も不満を隠そうとはしない。

「貴船党は松平家、御納戸支配、そして側用人であられた横川さまが松平家の台所を改善しようとして行ったこと、従って、横川さま以下、貴船党に関係した家臣方は松平家にて処分をする、なんだか、内輪でしゃんしゃんと落着させるみたいですな」

「そなたの申す通りだ。しかし、布袋屋木兵衛が殺されてしまったからには、探索の糸がぷっつりと切れてしまった」

宇田川は苦々しげに杯の酒を飲み干した。

「ですから、木兵衛殺しの下手人を挙げればよいと存じます」

矢作は気負い立つ。

「下手人な……」

宇田川は遠くを見るような目になった。

「乗り気ではないようですな」

「下手人、横川さまの配下の者であろう」

「その可能性が高いですな」

「ならば、下手人を挙げたところで、南町奉行所に引き渡されることはあるまい」

宇田川は手柄とならないことに苦々しい思いを抱いているようだ。

「どうした、矢作、わしの考えは間違っておると言いたげだな」

「当然のことだと思いますよ。ならば、もし、横川さまの配下、つまり松平家の御家中が下手人と判明しましたら、是が非にでも、下手人の引渡しを願うのです」

「そんなこと、できるか」

「やるんですよ。幸い、白河楽翁さまに知遇を得ることができました。場合によっては、楽翁さまの所へ、おれと一緒に行ってくださいよ」

「楽翁さまか」

「楽翁さまに引き渡しを求めるのです。その際、松平家の家臣ではまずいので、松平家を召し放ちにしていただき、浪人者として捕縛すればよいではございませんか」

「理屈の上では可能だが、果たして楽翁さまがご承知くださるか」

「承知していただくのですよ」

力強く矢作が言うと、

「そうじゃな」

宇田川も意を強くしたように言った。

「でも宇田川さま、まかり間違ったら、首が飛びますよ」

「わかっておる。かまわん、やろうぞ」

宇田川の気分が高揚したところで、主人の梅次郎がやって来た。

「あの、少しばかり、お話があるのですが」

梅次郎は言った。

「構わぬぞ」

宇田川は受け入れた。

「布袋屋さんが殺されなすったんですね」

梅次郎は上目遣いとなった。

「そうだが」

それがどうしたというように宇田川は問い返した。

「実は、手前どもが貴船党に奪われた掛け軸につきまして、まだお話をしていなかったことがあったのです」

梅次郎の言葉に宇田川は興味を示し、矢作を見た。矢作に話を訊けと目で命じている。

「その話、詳しく訊かせてくれ」

矢作は笑みを浮かべた。

「以前、お話し致しましたように布袋屋さんは掛け軸を三百両と目利きしてくださったんですが、その際に親父が京都で買い求めたことに興味を示したんです。父が掛け軸を買った京の都の骨董屋さんについて思い出してくれとしつこく頼まれました。手前は存じておるはずもないんですが、調べてみますと返事をしたんです」

そんな大事なこととは思えなかったため、梅次郎は生返事《なま》をした。しかし、木兵衛はしつこかった。

「すぐに調べてくれと、おっしゃいまして、まあ、手前どもにしましたら、何度か使っていただいておりますし、無下《むげ》にもできませんので、土蔵から親父の道中記を引っ張り出したのです」

「それを読ませたんだな」

「はい」

「で、親父が買い求めた骨董屋はわかったのか」

「親父は筆まめでございましたので、毎日、日誌を書いておりました。上方の旅もそれはもう、大変な張り切りようで、事細かに書き記した道中記を残しておりましたので、それを持って来まして」

梅次郎は埃《ほこり》が被《かぶ》っている上方旅行の道中記を引っ張り出してきたという。

「その日誌を布袋屋さんは食い入るようにして読んでおられました」

梅次郎は言った。

「その日誌あるかい」

「ご覧に入れましょうか」

梅次郎は立ち上がって座敷を出た。

「面白くなってきましたね」

矢作が言うと、

「まこと、面白そうだな」

宇田川も期待が湧き上がったようで、表情が和らいだ。酒を酌み交わしたところで、
梅次郎が戻って来た。

「これで、ございます」

差し出した道中記を矢作は宇田川から読むように勧めたが、

「骨董を買ったところを読ませてくれ」

宇田川は言った。

梅次郎は道中記を畳に広げた。

骨董屋は清水寺の三年坂にある、菊水《きくすい》といういかにも京都らしい名前であった。一緒に旅をした者たちの名前も記されている。

「おや、杵屋善右衛門か」

矢作が言うと、宇田川が目で何者だと問いかけてきた。

「日本橋長谷川町の履物問屋の主人で、町役人《ちょうやくにん》も務めていますよ。へえ、杵屋が上方に旅をしていたんだな。それで、木兵衛はなんと申したのだ」

「これは、思わぬお宝だと。それで、三百両の値をつけたんですよ」

「木兵衛が買い求めた店に拘《こだわ》ったというのはどうしてなんだろうな」

「そこまではわかりません。というより、三百両と聞かされて、すっかり動転してしまいましたので」

木兵衛は売ってくれとしつこく迫ったそうだ。

「ですが、わたしは三百両といわれて、なんだか恐ろしくなりまして」

すぐには返事ができずにいたという。

それから、数日して息子が誘拐されたのだった。

「都の菊水か」

矢作は睨んだ。

「布袋屋さん、殺されなすって、やはり、高価な骨董なんぞ扱っていらっしゃるから。命よりも大事なお宝なんぞ、ありませんよね」

「その通りだ」

矢作もうなずいた。

二

源之助は定信の書状を持ち、榎木を訪ねた。

幸い、喜代は不在である。

「この暑いのにご苦労なことですな」

榎木はにこやかに迎えた。

「本日は白河楽翁さまの使いでまいりました」

源之助は定信から預かった書状を差し出した。榎木は両手で受け取り、一礼してから目を通す。読み終えると再び一礼し、書状を懐《ふところ》に仕舞った。

「いかがでござる。白河さまもお望みですぞ」

源之助が問いかけると、

「ご子息には申し上げたが、米吉殺しの下手人が挙がらぬ限り、わしは帰参できぬ」

相変わらずの頑固ぶりを発揮した。

「お言葉ですが、こたびは白河楽翁さま直々の帰参要請でございますぞ」

「大殿のお気持ちはむろんのこと、大変に感謝しております。だが、わしも武士の端くれ。筋を通さずに帰参はできぬ」

「そう、おっしゃると思いました」

源之助はうなずく。

「ならば、大殿によしなにお伝えくだされ」

榎木は傘張りの内職に戻った。

源之助は帰ることなく黙って榎木を見据える。

「いくら粘っておられても、わしの答えに変わりはござらんぞ」

榎木は言う。

「榎木殿、どうして米吉殺しの下手人が挙がることに拘《こだわ》るのですか」

不意に源之助は問いかけた。

「それは武士として、恥ずべきことではないか。わしは米吉を殺した疑いをかけられておるのだ。貴殿のご子息からな」

「そうですかな」

「ほう、蔵間殿は殺しの濡れ衣をかけられたままでも気にならぬのか」

「わたしは十手《じって》御用を務める者でござる。よって、濡れ衣をかけられたら、晴らすか死すかでござる」

源之助の言葉に、

「なるほど、そのことはよくわかります。なばら、わしの気持ちもおわかりになろう。このままでは帰参できぬ」

「榎木殿、ご自身が潔白であれば帰参なさってはいかがですか」

「だからできぬと申すに」

榎木は声を大きくした。

「どうしてですか」

「武士としての矜持である」

「その言葉を申されれば全てのことが落着すると思っておられるのか」

源之助は鋭い眼差しを向けた。

「蔵間殿、何が言いたい。言いたいことがあれば、はっきりと申されよ」

榎木も目を凝らした。

「榎木殿、喜代殿のことを案じておられるのではござらぬか」

「喜代を……」

榎木は口ごもった。

「喜代殿が花沢殿をそそのかし、米吉を殺したと」

「馬鹿な」

榎木が否定したところで喜代が戻って来た。

源之助に剣呑な目を向けてくる。源之助は構うことなく、

「喜代殿、本日は白河楽翁さまのお使いでお父上に帰参をしてくださるよう頼みに来たのです」

「大殿が」

喜代は榎木を見た。

榎木は黙ってうなずく。

「父上、大殿さまからのご要望、いかがなさいますか」

「お断り致す」

にべもなく榎木は断った。

それを見て、

「蔵間さま、せっかくのお誘いですが、父の気持ちは変わりません」

喜代は言った。

「喜代殿、お父上が帰参なさらないのは、米吉殺しの濡れ衣が晴れぬままだからだそうです」

「それは、父らしい筋の通し方だと思います。わたくしは父に従うばかりです」

「まこと、ご立派なお考えだと思います。ですが、お父上は喜代殿のことを庇っておられるのではありませんか」

「わたくしが花沢さまに米吉を斬らせたということですか」

喜代は落ち着きを失っていない。相変わらずの気丈さだ。

「違いますか」

「ですから、わたくしは花沢さまにはそのようなことは申しておりません」

喜代は主張を繰り返した。

源之助は黙り込んだ。

「花沢さまには確かめられたのですか」

「確かめました。花沢さまは喜代殿からは米吉を斬れ、などとは頼まれはしなかったと、お答えになられました」

「では、わたくしは米吉殺しと関わってはいないではありませんか」

喜代は勝ち誇ったように言った。

「ところで、喜代殿、このまま米吉殺しの下手人が挙がらず、お父上の帰参が適わなくてもよろしいのですか」

「そんなことはありません。ですが、下手人が挙がらない以上、帰参したくてもできないのです」

ここで、

「蔵間殿、これ以上、どのような話をしても、帰参の話は進みませんぞ」

榎木が結論づけた。

そこへ、

「御免」

と、花沢が入って来た。

「花沢さま」

喜代は驚きの目をした。

「花沢殿、今日は、ご自分の意思でここにいらしたのでござる。是非とも、お伝えしたいことがあるとのことですぞ」

源之助の思わせぶりな物言いに、

「どういうことだ」

榎木の目が警戒心に彩《いろど》られた。

「拙者が米吉を斬りました」

花沢は言った。

「なにを申されるのですか」

喜代は表情を引き攣らせた。

三

「拙者が米吉を殺しました。これより、蔵間殿と北町奉行所へ出頭するつもりでござる。ちなみに、御家には脱藩する旨、書状をしたためてござる」

花沢は断固とした決意を示した。

「そんな……」

喜代は口をわななかせた。

「喜代殿、花沢殿は米吉殺しを認めておられるのです。花沢殿、米吉を殺したわけをお聞かせくだされ」

源之助の問いかけに、

「それは、米吉があまりに無礼な言動をするため、許せなくなったからです」

「米吉が榎木殿に無礼な言動をしたことはどうして知ったのですか」

「喜代殿から聞きました」

花沢はちらっと喜代を見た。

喜代は無言である。

花沢ははっとしたように、

「ただ、拙者はあくまで拙者の意思で米吉を殺したんです」

「念のためにお訊きします。米吉を斬ったのは、喜代殿から頼まれたからではございませぬな」

源之助は念押しをした。

「もちろんでござる」

しっかりと花沢はうなずいた。喜代は唇を固く引き結び、面を伏せている。

ここで源之助が、

「これで、帰参が適いますな」

と、榎木に声をかけた。

榎木は無言である。

「喜代殿、これで、お父上の帰参が適いますな」

源之助は喜代に声をかけたが喜代も返事をしない。

「では、白河さまには榎木殿の帰参を報告申し上げます」

源之助は言った。

喜代が、

「お父上、よろしかったですね」

振り絞るような声で言った。

「さようであるな。いや、蔵間殿、まこと、お骨折り、かたじけない」

榎木は受け入れた。

「では、花沢殿、まいりますか」

源之助は花沢を伴い榎木の家を出た。

家を出てから、

「花沢殿、ありがとうございました」

源之助は礼を言った。

「いや、そのことはよいのですが、これでどうなるのですか」

花沢は心配そうだ。

「榎木殿、はたして帰参なさるでしょうか」

源之助は言った。

「一体、どういうことでござるか」

花沢は目を白黒とさせた。

「米吉を斬ったのは、榎木殿でござるよ」

源之助は言った。

「それは信じられませんな」

花沢は首を捻った。

「念のためにお訊きしますが、まこと、花沢殿の仕業《しわざ》ではありませんな」

「拙者は米吉に心底から腹が立ちましたが、丸腰の町人を斬るようなことはしませんん」

花沢らしい生まじめな物言いで否定した。

「榎木殿の仕業に違いないとわたしは確信しております」

「練達の八丁堀同心たる、蔵間殿が申されるのですから、間違いではないと存ずるが、榎木殿が米吉を殺したのは、やはり、五十両盗難の疑いをかけられたからですか」

「そうではないでしょう。実際、榎木殿は五十両を盗んでなどはおりませんでした」

「しかし、疑いはかけられたからそのことを恥じて、あるいは、疑われたことに憤って斬殺に及んだのではござらんか」

「それはないでしょう」

源之助は否定した。

「すると、何故、榎木殿は米吉を殺害に及んだのでござるか」

「まだ確信が持てませんが、考えがござる」

源之助は花沢に向いた。

「それはいかなることで」

「今晩、わかります」

源之助は思わせぶりに笑みを投げかけた。

花沢は空を見上げた。

「雲行きが怪しくなってきました」

確かに風が強くなり、雲は黒ずんでいた。空気は湿り気を帯びている。

「今夜あたり、嵐がやってきそうですな」

源之助も見上げつつ言った。

「このところ日照り続きですから、暑気払い程度の雨なら欲しいところですが、嵐となりますと、どうもいけませんな」

肩をすくめ花沢は視線を源之助に戻した。

「我らはそうですが、榎木殿にとりましては、嵐の晩こそ幸いかもしれませんぞ」

思わせぶりな源之助の言葉に、

「どういう意味でござる」

花沢は声を潜めた。

「今晩、わかります」

それだけを源之助は返す。

しばらく源之助が発した言葉の意味を花沢は思案していたが、そのことには触れず、改めて考えを述べ立てた。

「蔵間殿、わたしには信じられない。榎木殿のような御仁が町人を手にかけるとは」

「人は見かけによらないということですな」

「しかし、榎木殿に限って、そのようなこと」

「限ってというのが、よくわからないことになります」

「ところで、大殿にはどのように報告をすればよろしいのですか」

「ひとまず、明日までお待ちになってください。報告はわたしから致します。思わせぶりなことで申し訳ございませんが、嵐が全てを落着させます」

源之助のいかつい顔が際立った。

「ならば、お任せ致します」

花沢は受け入れた。

「ところで、喜代殿のこと、いかにされるのですか」

源之助の問いかけに花沢は恥じ入るようにして面を伏せた。

それから源之助を見返し、

「喜代殿は拙者の手にはおえませぬ」

「やはり、破談ということですか」

「そうせざるを得ません。考えてみれば、拙者も諦めが悪い男でございます」

花沢は頭を掻いた。

「花沢殿は生まじめでいらっしゃるので、きっといい嫁が見つかりますよ」

源之助の励ましを、

「あてにせずにおります」

「ならば、これにて」

源之助は足早に立ち去った。


矢作は布袋屋にやって来た。

店は閉まっている。

主が亡くなったのだから、布袋屋が店を閉めたのは当たり前である。

「さて、どうするか」

矢作は首を捻った。

こういう時はいかにすればよいか。

どうしようかと思っていると北町の牧村新之助がやって来た。

「おお、おまえか、布袋屋殺しを探索しているのは」

「そうだ。まさか、矢作も首を突っ込んでいるのではないだろうな」

「突っ込むさ。しかしな、布袋屋殺しの探索とは別件で探索をしておることがあってな、その絡みで行うのだ。本筋ではない」

「本筋であろうとなかろうと、荒らしてもらったら困るぞ」

「ちゃんと、いいネタを仕込んできたんだがな」

矢作は言った。

「また、思わせぶりなことを申しおって。勿体《もったい》をつけないで話せよ」

新之助が顔をしかめると矢作は楽しむかのようにうなずき、

「布袋屋木兵衛、貴船党に絡んでおるだろう」

「そのようだったな」

「それでな、木兵衛が面白いものに興味を持っていたことがわかったんだ」

「骨董か」

「むろん、骨董なのだがな、それが、三十年前に京都の骨董屋、三年坂の菊水で買い求めた骨董に興味を持っていたようなのだ」

「それはまたどうしてだ」

「そのわけがわかれば、事件は落着すると思うのだがな」

矢作は布袋屋を見やった。

「三十年前の骨董か」

新之助は見当がつかないと首を捻り続けた。

「ま、いい、おれはおれで探索をする」

矢作は言った。

「くれぐれも邪魔するな」

新之助は釘を刺した。

四

その日の夕刻、源之助は矢作を伴い居眠り番で会合を開いた。席には源太郎と新之助も呼んだ。

天窓から覗く空は分厚い雲が覆い、嵐が迫っていることを告げている。

「このたびは、貴船党を巡る様々な事件が重なり合った。事件は複雑に絡み合い、貴船党は壊滅したかに見える」

源之助は切り出した。

源太郎と新之助は正座をして礼儀正しく耳を傾けているが、矢作はあぐらをかいて扇子《せんす》をばたばたと扇《あお》いでいた。誰も咎める者はいない。

「念のため、おさらいをする」

源之助は一連の事件について順を追って整理していった。

「わたしが今回の一件に関わったのが、水無月の三日、白河楽翁さまかどわかしの現場に遭遇したことがきっかけであった。鉄砲洲の鰻屋で食事をした直後、わたしは何者かに襲われ昏倒した。その隙に白河さまは貴船党を名乗る一団に拉致されてしまい、貴船党は身代金として松平家の家宝、鳳凰《ほうおう》の香炉を要求、明くる早朝、奥女中のお由美が貴船党の指定場所に運んだ。幸い、白河さまは無事、お戻りになられた。しかし、鳳凰の香炉はいつの間にか贋物《にせもの》にすり替えられていた。ここまでがまずは第一の事件だ」

確認するように源之助はみなを見回した。

「いいぞ、先を進めてくれ」

矢作が促した。

源之助はうなずくと、源太郎を見やってから話を続けた。

「白河さまがかどわかされたと同じ水無月の三日、神田明神下の鼈甲《べっこう》問屋広田屋の離れ座敷で番頭が集金してきた五十両が紛失する一件が起きた。離れ座敷では広田屋の主人、貫太郎と碁敵《ごがたき》である白河浪人榎木久次郎が碁を打っており、二人以外、離れ座敷に出入りした者がいないことから、番頭の米吉は榎木の仕業と疑い、翌日から連日、榎木を訪れ五十両の返還を求めた。榎木は五十両を盗んだことを否認、貫太郎も榎木の人柄を信じ、榎木が盗んだとは疑わず、五十両は自分の蓄えで補塡し、盗難事件として奉行所には届けないという腹づもりだった。ところが、米吉は執拗に榎木を疑い続け、ついに三日後の六日の朝、斬殺死体となって発見された。そうであるな、源太郎」

源之助から確認され、

「おっしゃる通りです」

源太郎は神妙にうなずく。

「次いで、南町の矢作が関わった一件だ。これはわたしよりも矢作、おまえが話せ」

咽喉《のど》が渇いたと源之助は冷たい麦湯を飲み干した。

矢作も麦湯を一口飲んでからおもむろに語り始めた。

「それから、しばらくしてだった。あれは確か、今月の十日、おれは吟味方与力の宇田川さまから貴船党を探索せよとの密命を受けた。おれは知らなかったんだが、貴船党という盗人一味が大店の商人から家宝を奪っているということだった。商人ばかりか、松平家の家宝まで奪い取ったため、松平家では御家の沽券《こけん》に関わるゆえ町方には介入させず、松平家が貴船党を捕縛すると側用人横川主計さまが申し越してきたそうだった。宇田川さまは町人も被害に遭っている以上、町方も見過ごしにはできんとおれに探索を命じられたわけだ。おれも、望むところだと探索を行った。すると、朱美という妙な女と知り合い、朱美の案内で海辺稲荷へ行った。そこでは、貴船党が奪ったお宝を競《せ》りにかけていた。競りを仕切っていたのは神田の骨董屋、布袋屋の主、木兵衛だった。と、まあ、ここまでが第二幕ってわけだな」

「うむ。おまえにしては要領よく話をしてくれたな。あとはわたしが引き受けよう」

話を引き取り源之助は続きを話した。

貴船党は三十年前に起きた尊号一件の因縁から結成された。尊号一件で松平定信に過酷な処罰を受けた公家、三条錦大納言の復讐のため、三条錦家の家宝、鳳凰の香炉を取り返すために定信を誘拐した。

ところが、貴船党は定信への意趣返しを超えて商人たちからもお宝を奪い、競りにかけて大儲けをしていることがわかった。

「一方、広田屋の離れ座敷から五十両が紛失した一件は源太郎によって榎木の仕業ではなく、女中のお民の仕業だと判明した。榎木に関しては米吉殺しの疑いが残るばかりとなった」

源之助の言葉に源太郎はうなずく。

源之助は続けた。

「その後の矢作の探索で、貴船党を騙《かた》り、骨董品を強奪しているのは白河藩松平家、側用人横川主計だとわかった。横川は松平家の台所事情を鑑《かんが》み、お宝を出入り商人、布袋屋木兵衛と組んで売り捌いたのだった」

「親父殿、朱美はどうしておれを真相へと導いたんだろうな」

矢作の疑問に、

「朱美は横川に復讐したかったのだ」

「奥女中が横川になんの恨みがあったんだろうな」

「朱美は奥女中のお由美ではない。おそらくは、榎木の娘、喜代。喜代は家宝を売ってはと提案した父を追い出しておきながら、手の平を返して家宝を売りに出した横川へ仕返しをしたかったのだ」

源之助が言うと、

「まことですか」

源太郎が素っ頓狂な声を出した。

「まず、間違いない」

確信を持って源之助は答える。

「待ってくれよ、榎木の娘がどうしておれのことを知っているんだ」

「宇田川さまだ」

「まさか、宇田川さままでが貴船党なのか」

今度は矢作が声を裏返らせた。

「違う。おまえ、真鶴屋で宇田川さまから貴船党探索を内命された時、松平家から町方の探索を控えるよう申し入れがあったと申したな」

「ああ、そうだよ」

「その時、松平家の使者は横川主計だった。宇田川さまは、横川に町方には町方の意地があるとおっしゃった。横川はそれを聞き、配下の者に宇田川さまの動きを探らせたのだろう」

「そういえば。真鶴屋での行き帰り、なんだか人に見られているような気がしたよ。その時におれが宇田川さまの内命を受けたとして、どうして喜代の耳にまで達したんだ」

まだ納得がいかないと矢作が疑問を投げると、

「花沢だ!」

源太郎が言った。

源之助はうなずき、

「おまえをつけたのは花沢甚五郎だったのであろう。喜代は花沢からそのことを聞き、おまえに接近したんだ。おまえは目立つからな。これほど、尾行しやすい八丁堀同心もいない」

からかうように源之助が言うと、

「悪かったな」

矢作は顔をしかめた。

これまで沈黙を守っていた新之助が、

「布袋屋木兵衛を殺したのは誰なのですか」

と、目下探索中の殺しについて問いかけた。これには名誉挽回とばかりに矢作が答えた。

「布袋屋木兵衛は口封じされた。口封じをするとすれば、花沢か喜代が考えられる。あるいは榎木か」

「花沢は喜代にぞっこんですよね」

源太郎が矢作に問いかけた。

「ぞっこんゆえ、喜代の横川に対する恨みを晴らすことに手助けをした」

「榎木もそのことを知っているのですかね」

「知っているかどうかはわからん」

「すると、米吉殺しはどうなるのですか。あれも米吉への恨みを抱いた喜代が花沢にやらせたということですか」

矢作が答えようとたのを制し、

「米吉を殺したのは榎木だ」

きっぱりと源之助は断じた。

「親父殿、やけに自信満々だな」

源之助はそれには答えずにんまりとした。

源太郎が、

「榎木が米吉を斬ったわけは、やはり、五十両盗難の疑いをかけられたことの恥辱でしょうか」

「違う」

またも自信に満ちた言葉を源之助は発した。

「ということは」

源太郎は戸惑いを示した。

「我らは欺かれていた。貴船党という過去の亡霊にな。その亡霊を退治し、真実の姿は間もなく明らかとなる」

源之助は立ち上がり天窓を見上げた。

雨粒が降ってきた。風も勢いを増す。

「嵐の到来だ」

源之助は楽し気に言った。

次いで、

「嵐が真実の姿を運んできてくれるだろう」

源之助は言った。

「一体、なんのことですか。わたしにはさっぱりわかりません」

困惑し源太郎が問いかける。

事件の全体を把握していない新之助も口出しすらできず、源之助を見上げている。

「わけがわからんが、親父殿がそう申されるのだから間違いあるまいて」

矢作は源太郎と新之助を見た。

源太郎は口をへの字に引き結んだが、

「その通りだ。蔵間源之助に抜かりはない」

新之助は源之助への信頼を表した。

「親父殿、で、これからどうするんだ。親父殿のことだから、榎木の家に乗り込むのではないのか」

「そのつもりだ。花沢に餌《えさ》を撒《ま》かせておいた。今夜、必ず榎木と喜代は動き出す。この嵐を幸いにな」

「おれも行くぞ」

「勝手にしろ」

「あの……わたしは」

源太郎が戸惑うと、

「むろん、北町も捕縛に向かうぞ」

新之助が言った。

「やめろとは言わぬが、榎木と喜代が動き出すまでは控えておれ」

「もちろん、蔵間殿の指示に従います」

新之助は静かに告げた。

五

いよいよ雨風は激しさを増し、立っていられなくなった。それでも、源之助と矢作は榎木の家にやって来て裏庭の木戸に立った。

嵐の中、榎木と喜代が裏庭に出て来た。

険しい形相で榎木は祠《ほこら》を動かそうとした。しかし、風雨が邪魔をし、祠は動かない。喜代も手伝ったが、女手ではいかにも心もとない。手助けになるどころか、暴風にあおられ、転んでしまった。

「喜代、おまえはよい。母屋に戻っておれ」

風や雨の音に負けないよう榎木は声を張り上げた。

「父上、お一人では無理でございます」

喜代も必死で叫び立てる。

「よいと申すに」

榎木が意地を張ったところへ源之助と矢作は飛び出した。

「そなたら……」

喜代が啞然とした目を向けてきた。

「手伝いましょうか」

矢作が申し出ると、

「この男、見かけ通りの力持ちですぞ。この男なら、祠も動かせますし、その下にある亡骸《なきがら》も掘り起こせましょうな」

源之助は言った。

「何を申すか、無礼者」

持前の気丈さを喜代は発揮した。

「無礼者で悪かったな、朱美よ」

矢作が語りかけた時、稲光が走り、闇に喜代の顔を浮かび上がらせた。武家の娘とはまるで別人、はすっぱな玄人女《くろうと》、朱美の顔があった。

源之助は榎木に向き、

「祠の下には奥方、志保殿の亡骸が埋まっているのではござらんか」

榎木は無言である。

かまわず、源之助は続ける。

「三月《みつき》前、志保殿は失踪した。行方が知れないということですな。これはわたしの勝手な想像ですが、志保殿は旅芸人と駆け落ちしようとしたのではござらんか。貴殿はさすがに許せなかった。怒りに駆られ、志保殿を斬り、この庭に埋めた。埋めた夜も嵐でございましたな。嵐を隠れ蓑になさったのでしょう。貴殿が松平家への帰参が適っても、応じようとしなかったのは、この家を退去した後、志保殿の亡骸が掘り起こされることを案じてのことでござりますな」

榎木は口を閉ざしていたが、

「母は殺されて当然。あんなふしだらな女。ふしだらなだけではなく、手癖も悪かったのです」

喜代が言った。

「手癖というと、榎木殿に疑いのかかった皿の盗難、あれは志保殿の仕業ということですな」

「皿ばかりではありません。母は御家の宝物をくすね、布袋屋木兵衛に買い取らせていたのです」

「遊興費、欲しさですな」

「そうです。まったく、極悪な女でございました。もっとも、わたくしも母の極悪な血を引いたのでございましょう。謎の女、朱美を演じた時、人を欺《あざむ》くことに快感を覚えました」

吹っ切れたのか喜代はけたけたと笑った。

矢作が苦笑を漏らした。

「布袋屋木兵衛を殺したのは榎木殿ですな」

改めて源之助が問いかけると、

「木兵衛はわしを言いなりにできると思ったようだ。わしが松平家に帰参し、御納戸役に復帰すれば、松平家所蔵の宝物を思うさま、言い値で買い取り、大儲けできると舌なめずりしおったのだ」

怒りの形相で榎木は答えた。

「脅しおった。わしが木兵衛との付き合いを絶てば志保のことを表沙汰にするとな」

「表沙汰にする事とは、志保殿による松平家宝物の横流しですか」

「それだけではない。木兵衛には志保を斬ったこと、知られておったのだ」

苦渋の面持ちで榎木は言った。

源之助は黙って話の続きを促した。

「志保を斬った夜、木兵衛がうちに来たのでござる。志保が松平家の土蔵から盗んだ皿を買い取らせるため、どうしても夜中に金を届けろと志保に言われたそうだ。でないと、志保から宝物の横流しを松平家に訴えると脅されたのだとか。志保にしたら、旅芸人と駆け落ちするための金が必要だったのでござろう」

　榎木が斬り捨てた志保の亡骸は庭に横たわっていた。木兵衛はそれを見て事態を察し、志保は旅芸人と駆け落ちにしたと周囲には思わせればいい、自分が松平家中にもそんな噂を流すと協力を申し出た。

「嵐の中、木兵衛と二人で地べたを掘り、志保の亡骸を埋めた。その後、木兵衛はその上に祠を建てた。まあ、この家は木兵衛の持ち物ゆえ、そんな勝手もできたわけだ」

　以後、木兵衛との結びつきは強まった。

「米吉を殺したのも志保殿の事が知られたからではございませんか」

「ご推察の通りでござる。信じてもらえぬかもしれぬが、わしは奉行所を訪ね、志保を殺したことを明らかにしようと思った。いくら、不埒極まる女とは申せ、わが妻。そして、そもそも、どんなに罪深くても斬り捨てるのは許されることではない。武士としての矜持を失わないなどと偉そうなことを申しながら、妻一人、意のままにできなかった己を恥じ、罪を償おうと思った」

木兵衛は引き止めた。

つい最近、そんな庭での二人のやり取りを、五十両盗難の疑いを持って訪れた米吉に聞かれてしまった。

「その時のやり取りでは、わしが志保を斬ったとまでは申さなかったが、祠の下の妻が、とか、罪を償いたい、などと申した言葉を聞かれたようだ。木兵衛が帰ると米吉がやって来て、やはり、榎木さまは表の顔とは別の顔をお持ちですね、と、嘲笑いおった」

その時の米吉の侮蔑は許し難いものだった。

「わしは、米吉を斬ると決めた。思えば、妻を斬殺したことで、わしの中に眠っておった荒々しい気性、武士の矜持を貫くと強がり、閉じ込めていた凶悪なる血が呼び覚まされたのかもしれぬ」

言葉通り、風雨にさらされた榎木の表情は獣じみていた。

「榎木殿、潔《いさぎよ》くお縄にかかられますな」

源之助が言うと榎木は薄笑いを浮かべた。

「わしは最早《もはや》武士ではない。武士などまっぴらじゃ。一人の浪人、いや、野獣ぞ！」

喚き立てるや榎木は抜刀し、源之助に斬りかかった。

源之助は飛び退くと同時に大刀を抜き放った。雷鳴が轟き、二人の刃が交わった。

常軌を逸した榎木は刃を合わせながら源之助を突き飛ばした。

「死ね！」

源之助は足を滑らせ、地べたを横転する。

そこへ榎木は大刀の切っ先で突いてくる。

泥にまみれながら源之助は刃を避けた。

「おのれ！」

猛った矢作が祠を持ち上げた。

次いで榎木の背中に祠を投げつける。祠は命中し、榎木も地べたに転がった。

そこへ、

「御用だ！」

御用提灯の群れが殺到して来た。

新之助と源太郎に率いられた捕方が榎木を囲んだ。提灯《ちょうちん》を向けられた榎木は大刀を捨て、あぐらをかいた。

「遅いぞ」

源之助は泥にまみれた着物を恨めし気に見ながら起き上がると、源太郎と新之助に文句を言った。

と、

「喜代殿！」

矢作の甲走った声が風雨を切り裂いた。

喜代は膝から頽《くずお》れた。

唇から真っ赤な血が流れている。口を開け、榎木に何事か呼びかけたようだが言葉にはならず、代わりに鮮血があふれ出した。

喜代の目は閉じられ、仰向けに倒れた。

「喜代！」

榎木の慟哭《どうこく》が源之助の耳朶《じだ》深く響き渡った。


葉月《はづき》となったが一向に暑さが和らがない昼下がり、源之助は善右衛門と杵屋の母屋の居間で冷たい麦湯を飲んでいた。

風鈴の音色がまだまだ夏であることを思わせる。

「お香さんが善太郎の嫁になってくれること、承知してくれました」

満面の笑みで善右衛門は報告した。

「それはよかったですな。いや、まさしく慶事。これで、善右衛門殿も安心して隠居ができるというもの」

心から源之助は祝福した。

「まこと、息子には過ぎた嫁だと思います」

「寅松……お香の弟の寅松はどうするのですか」

「善太郎はこの家に住まわせたいと言い、わたしも承知したのですが、寅松本人がいやがりましてな」

「あいつなら嫌がるかもしれませんな。ですが、あいつなら独りぼっちになっても力強く生きていくでしょう。」いや、むしろ、独りの方が逞しい男になるのではと思います。あ、そうだ。このたび、小石川の養生所に多額の寄付を頂いたとのこと、感謝申し上げます」

「なんの、骨董を売ったあぶく銭です。鳳凰の香炉などというわたしには過ぎたお宝など持っておってはろくなことがありません。せめて、お役に立てていただこうと寄付をさせていただきました」

善右衛門は鳳凰の香炉を売った千両を小石川の養生所に寄付したのだった。

「近々、御奉行から、ありがたく受け取ったという書状が出されます」

「それはご勘弁ください。匿名でお願い致します」

善右衛門は頭を掻いた。

「一局、やりますか」

源之助は碁の対局を申し入れた。

「いいですな」

善右衛門も応じた。碁盤を取りに行こうと善右衛門は立ち上がった。

「蔵間さまは、やはり、隠居はなさいませんな」

その言葉の裏には隠居して気軽な暮らしをなさってはという気遣いが感じられる。

「わたしは隠居しません。鉛の薄板を敷いた雪駄を履き続けます。蔵間源之助は生涯、八丁堀同心です」

源之助のいかつい顔が際立った。

沓脱《くつぬ》ぎ石に揃えられた雪駄が陽光に光り輝いた。

時代小説

二見時代小説文庫

恩讐《おんしゅう》の香炉《こうろ》 居眠《いねむ》り同心《どうしん》 影御用《かげごよう》30

著者 早見《はやみ》 俊《しゅん》

発行所 株式会社 二見書房
東京都千代田区神田三崎町二―一八―一一
電話 〇三―三五一五―二三一一［営業］
〇三―三五一五―二三一三［編集］
振替 〇〇一七〇―四―二六三九

印刷 株式会社 堀内印刷所
製本 株式会社 村上製本所

ISBN978－4－576－19116－4
https://www.futami.co.jp/